www.tredition.de

Joachim Göldner

Das Verbrechen
hat viele Gesichter

Berlin-Krimi

JOACHIM GÖLDNER

Das Verbrechen
hat viele Gesichter

Berlin-Krimi

www.tredition.de

© 2013 Joachim Göldner

Das Buch und das E-Book entstanden unter Mitwirkung der LiteraturCompany Berlin

www.LiteraturCompany.de

Printed in Germany

Verlag: tredition GmbH, Hamburg

www.tredition.de

ISBN: 978-3-8495-7196-2

Bibliografische Information der Deutschen Nationalbibliothek:
Die Deutsche Nationalbibliothek verzeichnet diese Publikation in der Deutschen Nationalbibliografie; detaillierte bibliografische Daten sind im Internet über http://dnb.d-nb.de abrufbar.

Ist es nicht so, ohne Sensationen und Verbrechen wäre unser Leben weniger interessant. In Gedanken, für einen Banküberfall einen Plan zu entwickeln, kann schon spannend sein und auch Vergnügen bereiten. Sind wir mal ehrlich, freuen wir uns nicht alle, wenn es Jemandem gelingt, das Finanzamt zu überlisten um die Kasse dort zu plündern?

Zum Glück gab es bei der Polizei einen Kommissar, der sich mit hohem Fingerspitzengefühl um die Aufklärung der Verbrechen bemüht. Sein Motto; es gibt nicht nur Gutmenschen, auch die schlimmen Finger haben eine sachliche Beurteilung und eine zweite Chance verdient.

Spannung und Vergnügen wünscht Ihnen Ihr Autor

Joachim Göldner

Jahrgang 1929, in Berlin geboren, wählte nach seinem Schulabschluss einen handwerklichen Beruf und übernahm dann die Tätigkeit als Flügelsetzer bei einer weltberühmten Klavierfabrik. 1961 berufliche Neuorientierung mit Fernstudium, dann tätig als Fernmeldemeister und Bauleiter. Von 1982 bis zur Rente Mitinhaber eines Spiel- und Schreibwarengeschäftes. Noch heute sportlich aktiv mit Tennis und Walking.

Mit dem Buchdebüt erfüllt sich der Autor einen lang ersehnten Wunsch.

Wer entscheidet über Gut und Böse, die Gesetze sind von Menschen für Menschen gemacht, auch bei den Leuten gibt es böse Buben. Leben und leben lassen, jeder sollte nach seiner Fasson selig werden. Leider ist es so – ohne Moos nichts los. Nach diesem Motto versuchten meine drei Freunde, Gerd, Günter, Wolfgang und ich, Jochen, zu leben. Wir kannten uns seit der Schulzeit und hingen zusammen wie die Kletten. In unregelmäßigen Abständen trafen wir uns für gemeinsame Unternehmungen. Bei so einem Treffen, ich weiß nicht mehr wer es war, machte einer den Vorschlag, wenn wir einmal Geld bräuchten machen wir mal einen Bruch. Geldgier und Abenteuerlust brachten mich auf die Idee, mal ein krummes Ding zu drehen.

Ich rief Wolfgang an und erzählte ihm beiläufig davon, doch mitten im Satz unterbrach er mich und sagte: „Jochen, Deine Idee ist eine Überlegung wert, aber ohne Gerd und Günter läuft nichts. Vergiss nicht, Jochen, in der Schule hatten wir uns geschworen gemeinsam durch Dick und Dünn zu gehen."

Wir hielten wirklich zusammen wie Pech und Schwefel. Wolfgang machte noch einen schwachen Versuch mir die Idee auszutreiben.

Aber bei mir hatte sich der Gedanke festgesetzt.

Längere Zeit hörten wir nichts voneinander. Die Truppe war ohne mich zum Wintersport gefahren. Neuschnee und leichter Frost hatte sie dazu verleitet. Wir vier waren begeisterte Skiläufer.

Ein Hilferuf erreichte mich am frühen Morgen, als ich Brötchen holen ging. Der Postbote strahlte über beide Backen und wünschte mir einen Guten Tag. Doch mich hatte gerade die Nachricht vom Unfall meiner Freunde erreicht. Das Auto meiner Freunde hatte sich auf einer eisglatten Straße in einer Kurve überschlagen. Totalschaden.

Aber sie haben, Gott sei Dank, nur einige Blessuren, Hämatome und Verstauchungen abbekommen, lediglich Wolfgang hatte eine kleine Gehirnerschütterung.

Sofort rief ich sie im Krankenhaus an und versprach, sie dort abzuholen, wenn sie entlassen werden.

Mein Problem war nun, einiges Geld aufzutreiben, ich wollte mir einen Leihwagen nehmen. Das würde ziemlich schwierig in meiner Situation. Keine Arbeit, keine Kohle und den Kredit bei meinen Eltern hatte ich auch schon überstrapaziert. Irgendwie hatte ich aber dann doch Glück.

Eine Verflossene rief mich an und sagte geheimnisvoll: „Mein lieber Jochen, wir haben lange nichts voneinander gehört, wie geht es Dir?"

Nachtigall ick hör' dir trapsen, die wollte doch was.

Meine starken Männerarme waren gefragt. Außerdem wusste sie von meinem Talent Tapete an die Wände zu kleben. Ruby, so nannte ich sie im Geheimen, wollte umziehen, natürlich in eine feinere Gegend. Geld war kein Problem für sie, schließlich war sie Anwältin. Wir wurden uns schnell einig, sie wollte mich gut bezahlen und dann mir sogar ihren roten Passat borgen, damit ich meine Freunde aus Oberwiesenthal abholen könnte. Bei allem Malheur, der liebe Gott meinte es gut mit mir.

Meine Laune besserte sich schlagartig. Der Stress und die Arbeit bei Ruby ging schnell zu Ende, leider war es nicht ganz einfach, ich sollte noch die Tapete mit ihr gemeinsam aussuchen, das ist genauso kompliziert, als ginge eine Frau Schuhe kaufen. Jetzt, wo die Tapete an der Wand ist und die Möbel sich wieder an Ort und Stelle befinden, war ich zufrieden, denn es hatte sich wirklich für mich finanziell gelohnt.

Es vergingen einige Tage bis sich meine Freunde aus den Bergen meldeten, ihr Gesundheitszustand hatte sich soweit gebessert, dass ich sie abholen konnte. Nur Wolfgang musste noch etwas Ruhe haben, eine Gehirnerschütterung dauerte seine Zeit. Ich verabredete mich mit Ruby, sie wollte mir ihren Wagen zur Verfügung stellen. Montagabend fuhr ich nach Zehlendorf, dort wohnte sie jetzt. Pünktlich gegen acht Uhr klingelte ich an der Gartentür, da ahnte ich noch nicht, wie der Abend verlaufen würde.

Als meine Verflossene die Tür mit dem elektrischen Summer öffnete, ging ich mit schnellen Schritten zu ihrem Haus. Sie empfing mich mit einem verführerischen Lächeln, ich sah sofort, dass sie den kleinen Couchtisch festlich mit Kerzen und einem Sektkühler gedeckt hatte. Es roch ganz toll nach *Königsberger Klopsen*, meinem Lieblingsgericht.

Sie eilte in die kleine Küche und fragte: „Du hast doch sicherlich Hunger!" Ich stimmte zu und sie begann aufzutragen. Nach dem Essen rauchten wir eine Zigarette und tranken ein Glas Wein. Dann erledigte sie schnell den Abwasch und verschwand mit vielsagendem Augenaufschlag im Badezimmer.

Jetzt ahnte ich, dass sie mehr wollte als nur mit mir essen. Der Gedanke, was auf mich zukommen würde, machte mir Sorgen. Sie war zwar eine tolle Frau, mit allem sehr reichlich ausgestattet, aber ich stand mehr auf knabenhafte Figuren. In den letzten Jahren hatte sie sich immer mehr zu einer Rubensfrau entwickelt. Als sie aus dem Bad kam, winkte sie mir zu, ich sollte ihr ins Schlafzimmer folgen. Mein Gehirn und alles andere, fing an in mir zu brodeln. Bei allen Pfunden, die sie zu viel hatte, war sie doch sehr verführerisch. Es war schon einige Zeit her, ich hatte schon lange keine Frau vernascht. Bei meiner finanziellen Lage war das auch nicht einfach. Natürlich ging ich schnell ins Bad, machte mich frisch und folgte ihr ins Schlafzimmer, den Weg kannte ich ja, hatte ja vor wenigen Tagen dort die Tapeten angeklebt. Was nun kam, war einfach nur toll, jetzt ahnte ich erst, was ich vor Jahren verloren hatte.

Bis zum Frühstück blieb ich und machte mich dann mit ihrem Auto auf den Weg nach Annaberg/Buchholz. Meine Freunde erwarteten mich schon voller Ungeduld.

Zuvor holte ich mir von zu Hause meine bereits gepackte Reisetasche. Der Passat fuhr sich gut, der Tank war voll und ich hatte Geld.

Ein Stück durch die Stadt und ich gelangte schnell zur Autobahn. Über Potsdam, Leipzig, Chemnitz wollte ich zu meinen Freunden fahren. In Leipzig machte ich Station um mir bei dieser Gelegenheit einige Banken in der Stadt anzugucken, die Stadt hatte sich sehr verändert. Als ich zuletzt in Leipzig war, begann man gerade den Bahnhof zu rekonstruieren. Das war nun schon lange Zeit her, auch mein Eindruck über die Geldinstitute war positiv. Eine kleine Bank wollte ich ins Auge fassen. Dabei ging ich davon aus, dass die Sicherheitsmaßnahmen dort nicht so gut sind.

Nachdem ich in einem Hotel der mittleren Preisklasse übernachtet hatte, setzte ich am nächsten Tag meine Reise fort.

Als ich im Krankenhaus ankam saßen dort schon die drei Unglücksraben. Das Hallo fiel unterkühlt aus. Die Mundwinkel gingen aber sofort hoch, als ich erzählte, dass ich mit dem Auto von Ruby gekommen bin. Gerd hatte die Idee, den ausgefallenen Winterurlaub nachzuholen.

Der frisch gefallene Schnee und wieder einmal auf einem präparierten Hang herunter zu wedeln, hatte mich sofort überzeugt, ein paar Tage in den Bergen zu verbringen. Es war kein Problem eine geeignete Pension zu finden, wo wir vier, zu angemessenen Zimmerpreisen, unterkommen würden. Wir hatten Glück und fanden etwas. Toll war es nicht, ziemlich einfach mit gemeinsamen Klo und Dusche eine Treppe tiefer. Das Doppelzimmer kostete 50 € pro Person mit Frühstück. Der Blick aus dem Fenster entschädigte uns für die einfache Möblierung. Die Wirtin war auch nicht übel, aber zum Leidwesen von Günter, der stand auf kleine zierliche Frauen, war sie verheiratet.

Die Nacht war für uns fürchterlich. Durch die einfachen Fenster blies der Wind und die Betten waren ziemlich klamm. Früh waren wir wieder auf den Beinen, die Morgentoilette beschränkten wir auf das Nötigste. Der Frühstücksraum machte einen ausgesprochen noblen Eindruck.

Herrliche, naturfarbene Bauernmöbel, eingedeckte Tische mit frischen Blumen, und der Duft nach Kaffee und frischen Brötchen verbesserte unsere Laune um mehrere hundert Prozent. In Ruhe genossen wir das Frühstück, unser Gespräch drehte sich um Skilaufen und unsere geplante Tätigkeit als Bankräuber. Die nächsten Tage waren einfach nur toll. Täglich waren wir auf der Piste, mehr kann man von einem Skiurlaub nicht erwarten. Leider mussten wir am zweiten Weihnachtsfeiertag unseren Urlaub beenden. Ruby rief an, sie brauchte ihren Wagen.

Einen Abend vor der Rückreise unterhielten wir uns über die Zukunft. Einig waren wir uns darin, dass sich in unserem Umfeld nichts verändern sollte. Auf neue Bekanntschaften wollten wir verzichten. Alles was das Leben komplizierte, sollte von vornherein ausgeschlossen werden.

Am 27.12. packten wir unsere Sachen und machten uns auf den Weg in Richtung Heimat. Als wir auf die Autobahn fuhren freuten wir uns schon auf Berlin. Das Auto schnurrte wie ein Kätzchen, die Höchstgeschwindigkeit wurde von Wolfgang ständig ausgenutzt. Wir waren schneller in Berlin als wir es uns ausgerechnet hatten. Nachdem Wolfgang, Günter und Gerd zuhause abgesetzt hatte, tauschten wir die Plätze und ich brachte Wolfgang nach Hause. Um meinen Hunger zu stillen hielt ich bei einer nahegelegenen Pizzeria an. Das Auto wollte ich in einem tadellosen Zustand zurückgeben. Eine Tankstelle mit Waschanlage war ganz bin der Nähe. Der Tank war wieder voll, das Auto glänzte wie neu. Ich konnte mich also auf den Weg zu Ruby machen, sie kam mir schon an der Gartentür entgegen, sie hatte schon nach mir Ausschau gehalten. Wir fielen uns in die Arme und sie begutachtete sogleich ihren geliebten Passat und ich sollte unbedingt mit ins Haus kommen, doch ich war zu müde um ein vernünftiges Gespräch mit ihr zu führen. Auf meine Bitte, rief sie mir ein Taxi und schon eine Stunde später war ich endlich bei mir in Köpenick. Zuerst ging ich unter die Dusche, nahm noch einen Absacker und legte mich schlafen.

Den nächsten Tag verbrachte ich damit, meine Wohnung auf Vordermann zu bringen. Dabei machte ich mir noch einmal Gedanken über die Zukunft.

Frühmorgens, einen Tag vor Silvester rief Wolfgang an und machte den Vorschlag, dass wir vier im Tennishaus ins Neue Jahr hinein feiern könnten. Wir spielten Tennis und hatten viel Spaß dabei. Außerdem lernten wir dadurch Leute kennen, die man irgendwann einmal gebrauchen könnte. Beziehungen schaden nur dem der keine hat. Ich übernahm es, bei der Wirtin Plätze für uns zu bestellen. Die Chefin war gleich am Telefon und versprach uns einen Tisch für acht Personen zu reservieren, sie ging davon aus, dass wir mit unseren Frauen kommen würden. Ich rief Gerd, Günter und Wolfgang an und sagte ihnen, es ginge alles klar. Sie hatten ja ihre Freundinnen. Nur ich hatte Probleme, zurzeit war ich Single und Ruby war ja verreist. Bei meinem Einkauf im Supermarkt sprach ich einfach die nette Kassiererin an. Sie war mir schon oft aufgefallen und so lud ich sie spontan zur Silvesterfeier ein. So ein Zufall, sie war auch seit kurzer Zeit solo und zeigte sofort Interesse mit mir ins neue Jahr zu rutschen. Ich versprach sie pünktlich mit dem Taxi abzuholen.

Es ist unwahrscheinlich, wie sexy sich eine Frau anziehen konnte. Ich war sprachlos, stotterte sogar etwas bei der Begrüßung. Meinen, drei Freunden, würden die Augen übergehen. Wir fuhren zum Tennishaus, Gerd, Günter und Wolfgang waren schon mit Ihren Begleitungen da und hatten schon Platz genommen.

Die Wirtin ging von Tisch zu Tisch und begrüßte alle Gäste und Sportfreunde mit einem strahlenden Lächeln. Wir amüsierten uns immer über ihr leicht übergewichtiges Hinterteil. Das Dekolleté war in Ordnung, sie geizte nicht damit.

Der Pullover saß sehr eng und war tief ausgeschnitten. Für gutes Essen und Getränke war gesorgt, die Stimmung war ausgelassen. Das Unterhaltungsprogramm wurde für 22 Uhr angekündigt. Bis dahin wurde gegessen, getrunken und gequatscht und man hörte schon die ersten Lacher. Die Stimmung war gelöst und steigerte sich noch als ein Akkordeonspieler eintraf.

Er ging zunächst in die Garderobe und zog sich um. Schon zehn Minuten später sprang ein Musicalclown zwischen den Tischen herum. Die Figur wirkte so lächerlich; viel zu dünne Beine und ein dicker runder Bauch, der durch die zu enge Kleidung noch betont wurde. Wir glaubten, dass das bewusst so gewählt wurde. Mit einem Tusch stellte er sich vor und betonte, dass er nicht dick sei, was zu sehen sei - ist nur sexuelle Schwungmasse.

Er war ein toller Musiker, Stühle und Tische wurden beiseite gerückt und auf einer viel zu kleinen Tanzfläche wurde dann geschoben, gedrängelt und gerockt. Tanzen konnte man das nicht nennen. Offensichtlich hatten aber alle ihren Spaß.

Nur ich war etwas gehemmt, meine neue Bekanntschaft zum Tanz aufzufordern. Sie sah wahnsinnig heiß aus. Ich wartete auf eine Musik, wo man auch allein auf der Stelle herum trampeln konnte. Der Musiker brachte eine tolle Stimmung in unser Clubhaus.

Kurz vor Mitternacht animierte er uns zu einer Polonaise, ich hielt mich dicht bei Alexandra auf, so hieß meine neue Errungenschaft, ich traute meinen Freunden nicht über den Weg. Inzwischen war ich etwas verliebt in meine kleine Kassiererin. Etwas verliebt war noch untertrieben, denn ich war heiß wie ein sibirischer Kachelofen. Die Nacht im Clubhaus ging viel zu schnell zu Ende, gegen zwei Uhr beschlossen wir die Zelte abzubrechen. Die neuen Vorsätze zum neuen Jahr sollten mit einem Waldlauf durch die Müggelberge beginnen, jeder brachte seine Freundin nachhause.

Am 1. Januar trafen wir uns um 11 Uhr am Spreetunnel in Friedrichshagen. Günter kam nicht, ein Anruf von uns hatte keinen Erfolg. Wir machten uns zu dritt auf den Weg, immerhin wollten wir zehn Kilometer joggen. Langsam ging es los, da wir in letzter Zeit wenig gelaufen sind, war der Anfang recht beschwerlich. Gerd hatte seinen Schrittzähler mitgebracht, denn wir wollten ungefähr wissen, wie viele Kilometer wir laufen. Wolfgang legte am Anfang ein flottes Tempo vor, wir konnten kaum folgen. Er wollte uns zeigen, was wir für Weicheier sind. Als die Gaststätte *Rübezahl* in Sicht kam, sahen wir, dass Wolfgang schon an einem Tisch saß, er hatte uns schon etwas zu trinken geholt. Bezahlen mussten wir, er hatte natürlich wieder einmal kein Geld bei sich. An einem Tisch ganz in unserer Nähe pöbelten ein paar angetrunkene Kerle vorbeilaufende Frauen an. Wir wollten keinen Ärger, tranken aus und liefen weiter in Richtung Müggelheim. Je länger wir liefen umso mehr Spaß machte es uns. Die frische Luft war herrlich und tat uns gut, die milde Temperatur trug dazu bei, dass wir mächtig ins Schwitzen kamen. Die laut klingelnden Radfahrern störten uns und wir wählten einen schmaleren Weg durch den Wald.

Nach wenigen Kilometern hörte Wolfgang als Erster, laute Hilferufe; sie kamen aus dem dichten Unterholz. Wir liefen in diese Richtung, wo wir die schreiende Person vermuteten. Als wir dort am Tatort ankamen, es war ein Tatort, waren wir fassungslos. Ein Spinner hatte eine Frau überfallen und ihr sämtliche Kleider gestohlen. Sie war nackt, wie der liebe Gott sie schuf. Ganz Kavalier, zog Wolfgang rasch seinen langen Pullover aus und gab ihn ihr. Er reichte ihr knapp bis über das Knie. Wir riefen über das Handy die 110 an und schilderten den Vorfall, die Bullen versprachen in 20 Minuten vor Ort zu sein. Natürlich hat uns interessiert, wie es zu dem Vorfall kommen konnte. Wir erfuhren folgende Geschichte:

Die Frau war mit einer Internetbekanntschaft verabredet und hatte sich mit einem Pelz ausstaffiert um Eindruck zu machen. Sie ließ sich zu einem Spaziergang am See durch den Wald verleiten, sie ahnte nicht, dass der Kerl es nur auf ihre Handtasche und die Klamotten abgesehen hatte.

Die Unterwäsche hatte er ihr auch entwendet, damit sie ihn nicht verfolgen konnte. Es ist nicht besonders lustig, in dieser Jahreszeit nackt durch den Wald zu rennen.

Als die Bullen eintrafen waren wir alle schon mächtig durchgefroren. Die drei Beamten hatten die Ruhe weg. Zwei von ihnen waren so dick, dass man Sorge hatte, dass jeden Moment die Knöpfe von ihren Uniformen abspringen könnten. Der Dritte, eine Bohnenstange mit Kassenbrille versuchte ein intelligentes Gesicht zu machen. Es war ziemlich schwierig ihn anzuschauen, er schielte etwas und hatte unheimlich abstehende Ohren. Sie gaben sich aber viel Mühe eventuelle Spuren zu sichern. Sie gossen die Fußabdrücke mit Gips aus und fanden im morastigen Untergrund Fahrradspuren. Sie schlossen daraus, dass der Interneträuber den Raub geplant hatte, wie es die überfallene Frau schilderte. Aus dem Reifenabdruck konnte man folgern, dass es sich um ein geländegängiges Bike handelte. Eine Suche oder Verfolgung war nach so langer Zeit nicht mehr möglich. Der Dieb war sicherlich über alle Berge. Die Polizisten boten uns an, uns nachhause zu fahren. Ein Glück, in dem Touran hatten sieben Personen Platz. Es gehörte ja nicht zu ihren Aufgaben uns nachhause zu bringen. Vielleicht war es die Achtung davor, dass wir nicht weggeschaut hatten, sondern erste Hilfe geleistet haben.

Zuhause angekommen goss ich mir erst einmal einen Schnaps ein. Sicherlich hatten Gerd und Wolfgang dasselbe getan. Ein Beamter kam noch kurz vorbei und verpflichtete uns, dass wir als Zeugen zur Verfügung stehen sollten. Dieser Tag verlief ganz anders als wir gedacht hatten. Die guten

Vorsätze und Wünsche wurden schon am ersten Tag angekratzt. Günter hatte inzwischen auf den AB gesprochen, doch ich war viel zu müde um gleich zurückzurufen.

Am nächsten Morgen rief ich bei Günter an, ich hatte ja Zeit, ich war arbeitslos. Günter war gleich an der Strippe, er wohnte in Hirschgarten in einem kleinen Häuschen mit Garten, er hatte dieses kleine hübsche Anwesen von seinen Eltern geerbt. Sie waren bei einer Segelregatta in Rostock viel zu früh ums Leben gekommen.

Er erkannte mich gleich an meiner Stimme.

„Jochen, entschuldige bitte, dass ich gestern nicht zum Treffpunkt gekommen bin, ich habe verschlafen.

Mit dem Fahrrad wollte ich noch pünktlich am Treffpunkt sein. Doch in der Hauptstraße, dort gibt es keine Fahrradwege, bin ich mit einem anderen Fahrradfahrer zusammengekracht. Der vor mir fahrende Radler bog nach rechts ab ohne es anzuzeigen. Beim Sturz hatte sich keiner verletzt, nur die Räder mussten gerichtet werden. Schnell waren einige Neugierige um uns herum und boten ihre Hilfe an. In dieser Aufregung habe ich auch noch meine Handgelenktasche mit sämtlichen Papieren verloren."

Mit dem gerichteten Fahrrad ist er dann nach Hause gefahren. Als er an der Gartentür stand, sah er schon das Unglück, die Haustür stand weit offen, in der Wohnung war auf den ersten Blick nichts festzustellen, Schränke und Schübe waren unversehrt. Doch als Günter in sein Schlafzimmer kam sah er die Bescherung, ein wertvolles Bild, ein Erbstück seiner Eltern, ein Kandinsky und eine Plastik von Prof. Drake sind gestohlen worden, der Verlust war nicht nur materieller Art, er hatte sehr daran gehangen.

Ich merkte schnell, dass Günter völlig am Boden zerstört war. Ich riet ihm zur Polizei zu gehen und Anzeige zu erstatten. Natürlich versprach ich ihm zu helfen, rief mir schnell ein Taxi und fuhr zu ihm. Das Neue Jahr begann wirklich ziemlich chaotisch für uns. Gott sei Dank hatte Günter ein Auto, einen ziemlich alten Golf, wir fuhren zu den Bullen, es half ja nichts, diesen Kontakt wollten wir eigentlich vermeiden. Den Verlust der Tasche mit den Papieren und sämtlichen Schlüsseln und den darauffolgenden Einbruch wollte er anzeigen. Man bat uns in das Büro des Revierleiters um die Formalitäten zu erledigen. In einem günstigen Moment, der Revierleiter wollte uns etwas zu trinken holen, nahm ich einige Blätter Schreibpapier und das Dienstsiegel an mich. Das Papier mit dem Briefkopf *„Der Polizeipräsident von Berlin"* hatte mich blitzartig auf eine Idee gebracht. Nachdem die Formalitäten erledigt waren verließen wir die Wache, denn uns stand ja noch die Verlustmeldung der EC-Karte bei der Bank bevor. Viel Geld konnte der Dieb vom Konto nicht abheben, da war nicht viel zu holen. Günter lebte nach dem Motto: „Strebe, arbeite, lebe und bete, dann hast Du im Alter auch Knete". Die Bankmitarbeiterin ermittelte den Kontostand und Günter stellte erfreut fest, dass seine 712 € noch auf dem Konto waren. Als alles erledigt war lud mich Günter zu einer Pizza und Cola ein. Eine Sorge für mich weniger, denn mein Kühlschrank war leer. Außerdem konnte ich nicht kochen, außer Kaffee, Eier und Kartoffeln, mehr brachte ich nicht zustande. Günter brachte mich dann zurück nach Hause

Der Tag war für mich erst einmal versaut. Ich schaltete den Fernseher ein und ließ mich kulturell berieseln. Nach einiger Zeit wurde mir das zu langweilig, ich rief meine Silvesterbekanntschaft an. Sie meldete sich gleich und war offensichtlich erfreut über meinen Anruf. Das Wetter war gut und so lud ich sie zu einem Spaziergang an den Müggelsee ein. Hinterher wollten wir im Seehotel essen gehen. Ich war neugierig auf das Wiedersehen, machte Bilanz bin meiner Kasse und stellte fest, dass es geradeso reichen könnte.

Vor dem Rendezvous hatte ich richtige Hemmungen, meine Kumpel, nannten mich zwar den Aufreißer, aber im tiefsten Innern war ich schüchtern. Mit flotten Sprüchen versuchte ich immer meine Hemmungen zu verbergen.

Sie war pünktlich an der verabredeten Stelle, nach kurzer herzlicher Begrüßung machten wir uns auf den Weg. Das Wetter war schon frühlingshaft und warm. Sie henkelte sich bei mir ein und wir stapften los.

Ich grübelte, wie ich sie ansprechen sollte, wollte nichts verkehrt machen, wir kannten uns ja erst kurze Zeit und ihre Interessen kannte ich noch nicht.

Munter plauderte sie los, fragte, was ich so mache und erzählte mir dabei von ihrer Tätigkeit und ihrer kleinen Wohnung im gleichen Ortsteil von Köpenick. Ihre Vertraulichkeit löste auch bei mir die Zunge. Es war mir unangenehm darüber zu sprechen, dass ich zurzeit keinen Job hatte. Also erzählte ich ihr von meiner Kindheit, vom Sport und von meinem Fernstudium. Auf dem Rückweg machte Alexandra den Vorschlag auf dem Restaurantschiff etwas zu essen und zu trinken, das sei doch billiger. Mir gefiel der Vorschlag und wir bekamen Fensterplätze mit Blick auf den See. Nachdem wir bestellt hatten, tauschten wir unsere Telefonnummern aus. Das Essen war recht ordentlich, danach machten wir uns auf den Heimweg. Sie versprach mich bald einmal anzurufen.

Weil ich keine Lust auf meine Junggesellenwohnung hatte schlenderte ich noch die Hauptstraße entlang und sah mir dabei die Schaufenster an.

Plötzlich kamen mir Wolfgang und Gerd entgegen, sie waren in der Spindel mit ihren Freundinnen verabredet. Wir wechselten ein paar Worte und verabschiedeten uns gleich wieder.

Den nächsten Tag ging ich langsam an. Natürlich war ich mit meinem derzeitigen Leben nicht zufrieden. Mitte Dreißig und keine Arbeit, das ist schon deprimierend. Nach dem Frühstück machte ich mich daran Pläne für die Zukunft zu schmieden. Meine Freunde und Alexandra spielten dabei eine nicht unbedeutende Rolle.

Ein Bankraub zu planen erwies sich schwieriger als gedacht, es fehlte mir die Erfahrung. Ich hatte viel Zeit, mir musste etwas einfallen. Die meisten Überfälle flogen nach einiger Zeit auf, weil die Alibis nicht gut genug waren. Ich konzentrierte mich darauf, gute und machbare Alibis auszudenken. Wir wollten ja bei unserem Unternehmen Erfolg haben.

Bei unserem nächsten Treffen, dachte ich, meinen Freunden gute Vorschläge zu machen. Meine Planung begann also von hinten, sicher in der Annahme, dass wir keinen Gebrauch davon machen müssen. Es war gar nicht so einfach, Ideen zu entwickeln. Die Bankräuber im Fernsehen machten es sich leichter, sie kamen angerückt, zogen sich Masken übers Gesicht, rissen die Revolver aus dem Halfter und stürmten in die Bank.

Ein paar Tage später rief ich Wolfgang, Günter und Gerd an und schlug vor, dass wir uns alle bei Günter in seinem kleinen Häuschen treffen sollten. Er wohnte allein und es war dort weniger auffällig, wenn dort ein paar Kerle ein- und ausgingen. Wir machten einen Termin aus. Wolfgang erzählte mir dabei noch, dass die Versicherung endlich den Schaden am Auto bezahlte hatte. Es waren achttausend Euro. Er war vollkaskoversichert, sein Glück. Ich bat ihn, jetzt noch kein neues Auto zu kaufen, verschwieg ihm, dass ich die Kohle als Startkapital für unseren Bruch eingeplant hatte. Das Einverständnis von uns allen vorausgesetzt.

Zwei Tage später, ich hatte gerade mit den Jungs telefoniert, rief Alexandra an und wollte mich dringend sprechen. Da ich sowieso für unser Treffen etwas zum Trinken und zum Essen besorgen wollte, versprach ich, gleich vorbeizukommen. Nachdem ich eingekauft hatte, es war nicht viel los im Supermarkt, ließ sie sich schnell an der Kasse vertreten. Nach unserer Begrüßung sprudelte sie gleich los, sie wollte den Führerschein machen und fragte, ob ich ihr helfen würde. Sie hatte Angst davor und hoffte auf meine Unterstützung ich gestand ihr, dass ich leider kein Auto habe, Alexandra wusste es nicht, das war aber nicht das Problem für sie, sie sagte, dann gehen wir ein Auto kaufen. Sie hatte etwas gespart, es reichte sogar für einen Mittelklassewagen, ich sagte ihr meine Unterstützung zu. Wir verabschiedeten uns, sie musste zurück an ihre Kasse.

Na, da kam ja einiges auf mich zu, ich wollte mich gern um sie kümmern und trotzdem unseren Coop vorbereiten. Ich ging zu Fuß nachhause, meine Gedanken musste ich erst einmal ordnen. Am Nachmittag blätterte ich in einigen Autozeitungen um mir einen Überblick über das Angebot zu machen. Einen Golf oder einen Toyota Yaris erschienen mir gut geeignet als erstes Auto.

Am nächsten Tag machte ich Nägel mit Köpfen, ich hatte sehr gut geschlafen und rief Alexandra an und schlug ihr für die nächste Woche einen Termin für den Autokauf vor. Wir wollten uns bei Toyota und VW umsehen und damit wir mobil sind, würde ich mir bei Günter sein altes Auto, ein Cabrio, leihen. Jetzt hatte ich Luft für unsere Planung des Coop.

Zwei Tage später trafen wir uns bei Günter im Haus. Das Häuschen war nicht sehr groß, aber er hatte alles mit sehr viel Liebe zum Detail renoviert, es roch noch immer nach Farbe. Die Einrichtung bestand hauptsächlich aus Naturholzmöbel, wir vier, nahmen in einer gemütlichen Sitzecke Platz. Schnell hatte Günter eine Flasche Wein und Gläser und ein paar Käsestangen auf den Tisch gestellt. Wir stießen erst einmal an und gingen dann zur Tagesordnung über.

2

Bevor wir konkret über unseren Plan sprachen mussten zunächst grundsätzliche Dinge geklärt werden. Völlige Verschwiegenheit, Einigkeit bei der Vorbereitung und Planung und die Übereinstimmung bei den Maßnahmen, die für eine erfolgreiche Lösung des Problems notwendig waren. Es sollte eine kleine Bank sein, die wir erleichtern wollten, wir legten zunächst die Kriterien fest, wie die Bank beschaffen sollte. Die Fassade sollte verwittert aussehen, der Bürgersteig, kleine gelockerte Pflastersteine haben, da konnte man eventuell nachhelfen. Auch Straßenbäume sollten vorhanden sein. Günter, Wolfgang und Gerd meinten, dass ich die meiste Zeit hatte die entsprechende Bank auszusuchen. Dann diskutieren wir über den Tresor, wie wir ihn öffnen könnten. Wir einigten uns auf Wagenheber und ein Hochleistungsschweißgerät. Wolfgang war Maschinenbauer, also sein Gebiet. Die Beschaffung war nicht einfach, doch Wolfgang ließ sich breitschlagen diese Besorgungen zu erledigen. Über das Finanzielle musste noch gesprochen werden. Und tatsächlich wurden wir uns einig. Als Ablenkung hatten wir uns ausgedacht, dass einige Betriebe, die sich vor der Bank zu schaffen machten für Stress sorgen würden. Dafür brauchten wir einen Malerbetrieb, einen Gartenbaubetrieb und ev. einen Straßenbauer, der die Pflasterung übernahm. Günter war Beamter beim Senat, hatte also beste Voraussetzung diesen Teil des Jobs zu übernehmen. Gerd machte große fragende Augen als wolle er damit sagen, was soll ich denn tun. Er sah gut aus, ein Frauentyp. Also schlug ich vor, dass er in einer Bank, die ich ausgekundschaftet hatte, ein Konto eröffnen müsste, war er sofort einverstanden.

Bevor wir unsere Aktion starten wollten, waren Informationen wie: Tresorort und wie viel Kohle drin ist, nötig. Die Informationen waren für uns wichtig. Außerdem mussten wir wissen, wie viele Mitarbeiter in der Bank tätig waren. Die Öffnungszeiten standen ja meist an der Eingangstür. Die vorbereiteten Aufgaben waren verteilt und weil wir nichts überstürzen wollten, verabredeten wir uns für ein nächstes Treffen erst in 14 Tagen.

3

Es war so etwas wie eine stille Übereinkunft, dass ich jetzt den Hut auf hatte, für die Organisation und Abstimmung aller Termine. Ich nahm mir den Berliner Stadtplan vor und entschied mich für den Süd-Osten von Berlin um geeignete Objekte für unseren Bankraub auszusuchen. Günter hatte zugesagt mir sein Auto dafür zu borgen. Er brachte mir schon am nächsten Tag den Wagen und die Papiere vorbei. Ich hatte mich soweit vorbereitet, dass ich sofort zur ersten Erkundungsfahrt starten konnte.

Nachdem ich Günter wieder zurück fuhr, bin ich zunächst tanken gefahren. Eine geeignete Bank auszusuchen kostete mehr Zeit als ich erwartet hatte. Oft musste ich sehr lange Fußwege zurücklegen. Nicht nur die Umstände, sondern auch das Innere der Bank wollte ich erkunden. Mein erstes Ziel suchte ich in Treptow-Köpenick aus. Meine Wahl fiel auf eine Sparkasse im südlichsten Bezirk von Köpenick. Die Lage war günstig, in der Nähe gab es Verkehrsmittel und Wald war auch in der Nähe. Ich speicherte diese Möglichkeit als Fluchtweg ein.

Auf der Heimfahrt brachte ich den Wagen zu Günter zurück und ging zu Fuß nach Hause, ich wollte noch einkaufen, ich hatte plötzlich Appetit auf eine heiße Bockwurst und ein kühles Bier. Mir kam die Idee, im Supermarkt, wo Alexandra an der Kasse arbeitete, einzukaufen. Als ich meinen Einkauf auf das Band legte, entdeckte sie mich und strahlte mich an. Es ist schon eigenartig, wie man sich schon nach so kurzer Zeit zueinander hingezogen fühlte. Für mich war das verwunderlich, dass meine Gedanken, wie ich sie mal `rumkriegen könnte, keine Rolle spielten. Mir war einfach nur warm ums Herz. Sie lud mich ein, sie hatte Lust auf einen gemütlichen Fernsehabend. Da ich nichts Besseres vor hatte, sagte ich zu. Ich freute mich auf den Abend, aß etwas und zog meine neuen Jeans an.

4

Wie es sich gehört, besorgte ich Blumen, damit wollte ich Alexandra eine Freude machen. Etwas aufgeregt war ich schon, es war mein erstes Rendezvous. Als ich an ihrer Tür klingelte, fiel mir der Blumenstrauß aus der Hand. Gerade als ich ihn aufheben wollte, öffnete sie die Tür. Es muss sehr komisch ausgesehen haben, denn als sie mich sah fing sie schallend an zu lachen, der Bann war sofort gebrochen durch mein Missgeschick. Sie hatte eine hübsche kleine Wohnung, richtig gemütlich, sie schaltete den Fernseher ein, es lief ein Krimi, die ganze Zeit überlegte ich, worüber wir uns unterhalten könnten. Nach dem Krimi sahen wir noch gemeinsam die Nachrichten an und danach verabschiedete ich mich.

Als ich zu meiner Wohnung marschierte nahm ich mir fest vor, mich stärker um Arbeit zu kümmern.

Am anderen Morgen rief ich Gerd an und bat ihn am Abend zu mir zukommen. Den Tag verbrachte ich damit meine Gedanken auf die Reihe zu kriegen. Als er kam, machte ich ihm erst einmal etwas zu essen. Ich erzählte ihm dann, was ich ausgekundschaftet hatte und beschrieb die Lage der Bank

5

Wir wollten ja den Bruch bis zum nächsten Frühjahr durchgeführt haben, Gerd musste sich also ranhalten. Wie wir vorgehen wollten, darüber hatten wir uns ja ausgetauscht.

In den nächsten Tagen fuhr er zu der besagten Sparkasse, im Bezirk Treptow-Köpenick, er hatte sich mit einer Hornbrille und einem aufgeklebten Leberfleck leicht unkenntlich gemacht. Als Gerd die Bank betrat stellte er mit schnellem Blick fest, dass die Aufgabe machbar war. Er sprach eine Bankangestellte an und bat um ein Beratungsgespräch für eine Geldanlage.

Er hatte Eindruck gemacht, der Leiter der Sparkasse ließ es sich nicht nehmen ihn persönlich zu beraten. Er schilderte ihm ziemlich umständlich, dass er durch eine Erbschaft eine größere Summe erwarte und er wolle das Geld festanlegen. Vor riskanten Anlagen scheue er nicht zurück. Hauptsache, die Gewinnaussichten sind gut. Der Sparkassenleiter wurde zu einem Telefonat gerufen. Eine Angestellte führte das Gespräch weiter. Gerd ließ seinen ganzen Charme spielen und machte einige Komplimente um sie zu becircen. Er tat so, als wenn er verunsichert sei. Er ließ sich eine Visitenkarte geben und machte sich Notizen. Auskunden musste er noch, wo der Tresor stand, und wann die meisten Kohle drin war. Am nächsten Tag rief er die Bank an und ließ sich die Angestellte geben; deren Namen er auf der Visitenkarte notiert hatte. Mit Überredungskunst lud er sie zum Essen ein.

Mit großer Sorgfalt suchte er zu diesem Termin seine Kleidung aus. Er durfte die Brille und den Leberfleck nicht vergessen, um unkenntlich für die Dame zu sein. Gerd hatte schon in dem Lokal Platz genommen als die Bankerin ankam. Sie sah hübsch aus, für seinen Geschmack aber war sie etwas zu dick. Nach der Begrüßung stellte sich schnell heraus, dass die Bankerin es gewohnt war sich in solch einer Umgebung zu bewegen. Ein Gespräch kam schnell in Gang. Als der Ober kam, bestellte er zunächst etwas zu trinken. Die Auswahl des Essens dauerte seine Zeit. Gerd entschied sich für ein Schollenfilet und Evelin, so ihr Name, für einen Salat und etwas Käse.

Kurz nach der Bestellung einigten sich beide darauf, sich mit den Vornamen anzusprechen.

6

Nicht umsonst war dieses Restaurant so gut besucht, das Essen war unverschämt gut, eine Unterhaltung kam leicht in Gang. Sie hatten ja besprochen, auf Förmlichkeiten zu verzichten, über ankommende Promis wurde ausgiebig gelästert. Ihre Bäuche trugen sie wie Pokale vor sich her. Die Schlauchbootlippen und Dekolletés hatten es Evelin besonders angetan. Nicht nur Spaß, über andere zu lästern, auch eine angeregte Unterhaltung über ihren Beruf trugen zum Gelingen des Abends bei.

Als Evelin und Gerd sich trennten, beschlossen sie, diesen gelungenen Abend zu wiederholen. Er hatte den Standort und den Inhalt des Tresors ja noch nicht ermitteln können.

Als Gerd mich daraufhin besuchte und mir erzählte, was er bisher heraus bekommen hatte, gestand er mir, dass ihm diese Spionage zuwider ist.

Evelin hatte ihn beeindruckt, sie war ihm sympathischer als er es beabsichtigt hatte. Ich riet ihm, bei der nächsten Verabredung zwanglos über den Bankraub zu sprechen, der letztens in Berlin gewesen ist. Da Gerd noch einen Beratungstermin in der Bank hatte, wollte er diese Gelegenheit für eine neue Verabredung nutzen.

Nachdem er einen neuen Termin mit dem Leiter der Bank abgesprochen hatte blieb es erst einmal ruhig. Zum vereinbarten Termin machte Gerd einen unglücklichen Eindruck, es hatten sich noch andere Erben gemeldet, eine Erbengemeinschaft. Das Erbe war also in weite Ferne gerückt. Außerdem würde Gerd nur ein Zehntel des Erbes erhalten. Eine Geldanlage unter diesen Umständen wäre nicht mehr sinnvoll.

7

Zum Abschluss des Gespräches hatte er eine gute Gelegenheit genutzt sich mit Evelin neu zu verabreden. Gerd schlug ihr einen Spaziergang vor. Das Wetter war toll, die Sonne schien, etwas Besseres könnte man also nicht unternehmen.

Sie trafen sich pünktlich am Seebad Friedrichshagen und beschlossen im Borkengrund einzukehren. Hinter dem Wasserwerk liefen sie am Müggelsee entlang. Trotz des schönen Wetters fröstelte Evelin, sie wollte schneller laufen, trotzdem brauchten sie eine knappe Stunde, mehr als fünf Kilometer im Schnitt waren nicht drin. Im Borkengrund fanden sie noch einen Platz. Sie bestellten sich eine Wurst und heißen Tee. Gerd erzählte von seiner Arbeit, sie kamen ins Plaudern. Evelin schüttete ihr Herz aus, sie erzählte ihm, dass sie wahrscheinlich versetzt wird. Man hatte ihr die Leitung einer Filiale in Wandlitz angeboten, auch die Wohnung müsse sie dann wechseln, der tägliche Weg zur Arbeit würde sonst zu weit werden. Gerd brachte dann das Gespräch auf einen Banküberfall, der vor kurzem in dieser Gegend stattgefunden hatte. Unbefangen und ohne Argwohn beschrieb sie auf seine Fragen, wo man die Tresore sicherer unterbringt. Der Tresore in ihrer Bankfiliale ist immer um den 16. des Monats am Besten gefüllt. Das waren genau die Informationen, die uns noch fehlten. Nachdem Gerd bezahlt hatte fuhren sie mit der Straßenbahn nach Hause. Sie versprachen zu telefonieren um sich nicht aus den Augen zu verlieren. Noch am selben Abend rief er mich an: „Lieber Jochen, wir können starten".

8

Am nächsten Abend rief ich Wolfgang und Günter an und sagte ihnen, dass es jetzt vorangehe. Samstag wollten wir uns treffen. Es war schon ziemlich dunkel, als wir gegen 18 Uhr bei Günter an der Gartentür klingelten. Eine hübsche junge Frau öffnete und begrüßte uns und verabschiedete sich sogleich. Als wir alle Platz genommen hatten, erklärte uns Günter, dass seine Schwester unangemeldet zu Besuch gekommen war, wir müssten uns also beeilen, die wichtigsten Dinge zu besprechen, auch der Termin musste noch bestimmt werden. Die Schwester ging nur etwas einkaufen und würde schnell wieder zurück sein.

Gerd berichtete in aller Kürze, welche Infos er für uns hatte. Wir waren uns einig, dass keine Änderungen am Plan nötig waren. Am Tag des Überfalls sollte rund um die Bank Stress erzeugt werden. Unser Beamter im Senat arbeitete im Bauamt und hatte die Möglichkeit Kostenvoranschläge anzufordern und Aufträge vorzubereiten. Sein Chef unterschrieb die Aufträge meistens blind. Er nahm sich in der Regel keine Zeit für eine Prüfung. Es ließ sich später nicht mehr feststellen, wer den einen oder anderen Auftrag ausgelöst hatte. Das war natürlich ein Ergebnis der Sparpolitik. Wolfgang musste sich um drei Aufträge kümmern.

Den Termin unseres Bankraubes legten wir auf den 16. des Monats fest. Die Betriebe, die die Maßnahmen, der Bau-, Maler- und Pflasterarbeiten durchführen sollten mussten ja verbindliche Termine einhalten. Wolfgang musste sich also sputen, die Handwerksbetriebe für die notwendigen Arbeiten zu binden. Er erwähnte noch, woher man die Spezialgeräte am Günstigsten bekommen könnte. Nach zwei Stunden trennten wir uns und legten einen neuen Termin für das nächste Treffen fest.

9

Einen Tag darauf bekam ich mit der Post eine Einladung vom Theaterverein. Schon seit unserer Schulzeit waren wir dort Mitglied und studierten kleine Theaterstücke ein. Wie ich dem Schreiben entnahm ging es um den Geburtstag einer Hundertjährigen.

Es sollte ein Kriminalstück einstudiert werden. In der Hauptsache wurden männliche Darsteller gesucht. Ich rief meine Klicke an, sie hatten auch ein Schreiben erhalten. Wir wurden uns schnell einig bei der Einstudierung und der Aufführung des Stückes mitzumachen. Der Aufwand war nicht groß, jeder konnte es einrichten. Bei dem Gedanken, Theater zu spielen, kam mir eine Idee, nach der ich schon lange gesucht habe.

Zum Theaterensemble gehörte nicht nur ein Drehbuchautor und ein Regisseur, auch ein Maskenbildner war dabei. Das war ein richtiger Profi, der konnte in kurzer Zeit die Gesichter so zu recht schminken, dass man Original und Kopie kaum voneinander unterscheiden konnte. Sein Können und seine Berufserfahrung hat er als langjähriger Chefmaskenbildner an der Oper erlangt. Das erste Treffen der Schauspieler sollte schon in zwei Tagen sein. Wir waren neugierig, in was für einem Krimi wir mitspielen würden.

Beim Treffen erfuhren wir, dass es ein lustiger Krimi werden sollte. Jeder konnte bei der Entwicklung des Drehbuches seine Gedanken äußern und seinen Senf dazugeben.

Ich schlug vor, prominente Schauspieler zu imitieren. Die sollten in eine Keksfabrik einbrechen und die gestohlenen Kekse in den Kindergärten verteilen. Als besonderen Spaß schlug ich vor, die Telefone auf den Schreibtischen zu vertauschen. Das ganze sollte in die Krimiaufführung mit einfließen.

Als ich wieder zuhause war hörte ich meinen AB ab. Alexandra hatte angerufen, es klang ziemlich dringlich, doch zurückzurufen hatte ich keine Lust, ich verschob das Telefonat auf die nächsten Tage. Ich fühlte mich müde und abgespannt, meine Gedanken wanderten zu meinen Freunden und zum geplanten Bruch.

Bei Wolfgang war die anfängliche Begeisterung für unser Unternehmen nicht mehr so euphorisch. Günter und Gerd sahen die Sache anders, beide brauchten Geld, über sie brauchte ich mir keine Gedanken machen. Nur Wolfgang musste ich überzeugen, dass er bei der Stange blieb. Es kam selten vor, aber ich konnte bei all diesen Problemen nicht richtig schlafen. Meine Gedanken waren besonders auf unseren Coop fixiert. Wie konnte man eine Bank um einiges erleichtern ohne dass Menschen zu Schaden kommen. Was gehörte dazu, so eine Aktion erfolgreich zu gestalten. Gewalt war vornherein ausgeschlossen, Aber ganz ohne ging es auch nicht. Wir konnten ja nicht erwarten, zur Bank zu gehen und zu sagen: wir brauchen Geld.

Man würde uns mitleidig ansehen und die Bullen rufen. Es war eine ziemlich verkaterte Nacht. Etwas verschlafen wachte ich morgens auf und machte mir ein ordentliches Frühstück. Und einen starken Kaffee. Nach kurzer Zeit ging es mir besser. Mein Leben musste ich endlich auf die Reihe kriegen, auf Alex wollte ich nicht verzichten, also musste ich mich bemühen die Beziehung zu festigen. Kurzerhand rief ich sie an und bat sie, sie besuchen zu dürfen. Wir könnten dann auch ihr

Anliegen in aller Ruhe besprechen. Den nächsten Termin machte ich mit Wolfgang, Gerd und Günter aus, über das nachher, nach dem Bruch, mussten wir uns noch Gedanken machen. Die Statistik sagt aus, dass zum großen Teil, sämtliche Verbrechen aufgeklärt werden, weil das Nachher nicht in die Überlegungen eingeflossen ist. Bevor ich Alex anrief, erkundigte ich mich in einigen Autohäusern nach ihren Angeboten. Das Treffen mit Alex verlief so harmonisch wie ich mir das vorgestellt hatte.

Ein tolles Essen wartete auf mich. Nachdem wir gegessen hatten, kam sie mit der Sprache heraus. Sie wollte ein Leihauto mieten, damit ich mit ihr üben konnte. Ihre Pläne gingen soweit, dass sie mit mir verreisen wollte.

Sie hatte Lust an die Ostsee zu fahren, am liebsten auf den Darß. Vor einiger Zeit war sie in Ahrenshop und seit dieser Zeit in die Ostseeküste verliebt. Sie schwärmte, dass es dort herrlich war. Ich versuchte ihre Pläne in etwas geordnete Bahnen zu lenken. Zuerst musste ja der Führerschein gemacht, dann ein Auto gekauft und ein Ferienplatz gesucht werden. Ob Ferienhaus oder Hotelzimmer, es musste rechtzeitig gebucht werden. Da war aber noch etwas und ich wusste nicht, ob sie daran gedacht hatte, wir hatten noch nie zusammen geschlafen. Obwohl es mir nicht leicht fiel, brachte ich die Sprache darauf.

Doch wie formuliert man so etwas. Ich war darin nicht sehr geübt, auf der anderen Seite aber auch nicht aus Holz. Alex war äußerlich wie ein Sechser im Lotto. Als ich endlich meine Bedenken in dieser Richtung äußerte, sagte sie: „Eines Tages sind wir verheiratet und da spielt es keine Rolle, dass wir schon vorher miteinander geschlafen haben." Ich ließ mir nichts anmerken, die Freude auf etwas Neues war da. Aber gleich binden wollte ich mich auch nicht. Nachdem wir alles

Notwendige bequatscht hatten: Führerschein, Autokauf und den gemeinsamen Urlaub, verabschiedete ich mich und ging glücklich nach Hause.

10

Mit war etwas mulmig bei dem Gedanken, vielleicht schon in einem Jahr unter der Haube zu sein. Sehr entscheidungsfreudig war ich nicht, ich beschloss alles auf mich zukommen zu lassen. Nur eines durfte ich nicht schleifen lassen, das war unser Bruch. Meine ganze Energie wollte ich darauf konzentrieren. Der günstigste Termin war die Mitte eines Monats. Um nicht noch mehr Zeit zu verschenken war Stress angesagt. Ich telefonierte und wir vereinbarten einen Termin zur Abschlussberatung. Wolfgang nahm die Sache ziemlich leicht, er sah das nicht so verbissen. Er sagte zu mir, ich solle cool bleiben und keinen Druck machen. Am Samstag kamen alle zum verabredeten Termin zu mir.

Wir ließen uns Zeit und besprachen alle Details. Erfahrungen auf dem Gebiet hatte keiner von uns. Im Prinzip war alles vorbereitet, jeder hatte seine Aufgaben erfüllt. Theoretisch stand der Aktion nichts mehr im Wege. Für Mitte des Monats hatten wir für uns drei freie Tage eingeplant. Die Handwerker hatten sich verpflichten müssen, ihre Termine genauestens einzuhalten. Nur eines fehlte noch, woher bekamen wir einen Funkwagen? Dies wäre aus optischen Gründen besser, wenn wir mit diesem vor die Bank fahren würden. Günter kannte eine Reparaturwerkstatt, wo die Bullen ihre Autos in bestimmten Intervallen zur Durchsicht brachten. Er selbst war in der Lage ein Auto kurz zu schließen und zu starten.

Jetzt war alles geklärt, im Prinzip könnte unsere Aktion starten. Zuletzt sprachen wir noch davon, wenn alles vorbei ist, wie wir uns dann verhalten wollten. Jeder sollte sein normales Leben weiter führen, als wenn nichts gewesen wäre. Die Verteilung der Beute sollte zu einem späteren Zeitpunkt erfolgen. In Günters Garten wollten wir das Geld in Plastetüten verstecken. Zum Schluss unserer kleinen Beratung, hatten wir alle, glänzende Augen. Wir kamen uns vor wie kleine Jungs, oder eine Räuberbande, die es der Welt zeigen wollte, was sie alles drauf hatten. Es blieb jedem selbst überlassen, sich ein gutes Alibi für diese Zeit zu beschaffen.

Am nächsten Tag machte ich mich daran, das Schreiben für die Bank fertig zu machen. Es sollte ein Originalschreiben der Polizei werden. Einige Briefbögen hatten wir bei einem Besuch auf einem Polizeirevier mitgehen lassen. Der Text war nicht schwierig, wir hatten ja den Namen des Filialleiters. Ich formulierte folgendes:

Sehr geehrter Herr Direktor,

die Polizei führt wegen der in letzter Zeit gezeigten Schwachstellen bei der Sicherheit der Bankausstattungen einen Bankcheck durch.

Vier Beamte des Reviers 15 werden am 16. dieses Monats unter der Leitung des Hauptkommissars Engel einen Sicherheitscheck durchführen. Der Termin ist verbindlich und lässt sich wegen der Personalsituation auch nicht verschieben. In der Zeit von 8 - 14 Uhr steht Ihnen der Revierleiter für Rückfragen unter folgender Telefonnummer zur Verfügung.

Mit freundlichen Grüßen

im Auftrag des Polizeipräsidenten

Hauptkommissar Engel

PS

Selbstverständlich wurde die Generaldirektion von dieser Maßnahme informiert.

Der Brief war fertig, jetzt musste ich dafür sorgen, dass er pünktlich am 15. des Monats, morgens in der Post der Bank liegt. Es gehörte zu unserem Plan, dem Banker einen strengen Zeitplan vorzugeben. Es sollte ihm keine Zeit zum Nachdenken bleiben.

Als nächstes fuhr ich mit der Bahn ans andere Ende der Stadt und besorgte mir eine Flasche Chloroform. Der Tag ging schnell vorbei und ich war erleichtert, zwei sehr wichtige Dinge erledigt zu haben. Bevor ich unter die Dusche ging, rief ich Alexandra an und schlug vor, auf dem Übungsplatz ein Fahrtraining durchzuführen. Das Auto dafür wollte ich mir bei Günter borgen, er hatte es mir ja angeboten. Jetzt hatte ich Zeit und wollte mir etwas Gutes gönnen.

Ich schlug mir ein paar Eier in die Pfanne und schaltete den Fernseher ein. Das Programm war weniger toll, jeder zweite Sender strahlte Wiederholungen aus. Meine Augen fielen von alleine zu, ich war vor dem Fernseher eingeschlafen. Als ich wieder aufwachte, war es schon sehr spät, ich ging mir die Zähne putzen und legte mich dann mit einem guten Gefühl in mein Bett, denn Schlafen war meine zweite Leidenschaft. Wenn ich nicht ausgeschlafen war, war ich nur schwer zu genießen und konnte kaum richtig denken. Traumlos schlief ich bis zum nächsten Morgen. Zeitig machte ich mich auf die Socken um mir von Günter das Auto und die Wagenpapiere zu holen.

Ich war neugierig, wie sich Alex bei der ersten Fahrstunde anstellte. Wenn ich an meine erste Fahrstunde zurück denke, musste ich mir eingestehen, dass diese auch nicht so toll war. Zudem hatte ich noch einen ziemlich fiesen Fahrlehrer. Aus allem machte er damals ein großes Geheimnis, die Funktion des Antriebes, der Kupplung des Motors, er erklärte es so, dass es keiner richtig verstand. Ich war zwar kein Einstein, aber nicht doof. Die ersten Stunden waren eine Katastrophe. Ich war so aufgeregt, dass ich vorher mehrmals pinkeln gehen musste. Als es dann los ging, würgte ich als erstes den Motor ab. Kupplung langsam kommen lassen, brüllte er. Als ich dann stotternd anfuhr, brüllte er, nicht reiten, sondern fahren. Mit mir gingen die Nerven durch. Ich startete, als wolle ich zum Mond fliegen. Ein anderes Mal musste ich, das Einparken, üben, für jeden Anfänger keine einfache Sache. Als ich viel zu weit von der Bordsteinkante hielt, kommentierte er das mit folgenden Worten: „Jetzt brauchen wir nur noch eine Gangway, damit wir aussteigen können."

Bei der nächsten Fahrstunde fuhr ich auf einer Tempo 60 Straße nur mit 45 km/h, für mich eine Höllengeschwindigkeit. Der Fahrlehrer fing wieder an zu meckern, ironisch meinte er zu mir, ich solle nur keine Leute tot fahren. Abrupt bremste ich und hielt an der Bordsteinkante an, ich sagte ihm kleinlaut, es hätte keinen Zweck mit uns. Wir unterhielten uns ernsthaft und danach machte mir die Fahrschule mit Mister Grobian großen Spaß. Wir hatten uns zusammengerauft. Er war seit dem nett und ich gab mir Mühe alles richtig zu machen.

Bei Alex wollte ich diese Fehler, die der Fahrlehrer bei mir gemacht hatte, vermeiden und nicht wiederholen. Ich nahm mir ganz fest vor, nett zu sein, denn nichts ist schlimmer, als wenn man zu aufgeregt ist.

Die erste Übungsstunde mit Alex verlief besser als ich dachte. Als erstes sollte sie auf dem Fahrersitz Platz nehmen. Sie sollte das Anfahren üben. Ich zeigte ihr wie man das Auto startet. Sich nach vorn, hinten und zur Seite orientiert, dann blinkt und sich in den Verkehr einordnet. Natürlich als allererstes anschnallen. Anschließend erklärte ich ihr die Pedale, Kupplung, Bremse und Gas. Auf die Hebelei des Blinkers und des Scheibenwischers ging ich auch noch ein. Nachdem ich mit dieser Einführung fertig war, saß sie auf ihrem Platz wie ein Häufchen Elend. Es brauchte seine Zeit bis ich sie davon überzeugte, dass man kein geistiger Überflieger sein muss um ein Auto fahren zu lernen. Abitur war dafür nicht nötig. Ich zeigte ihr mehrmals das Starten und das langsame Anfahren. Nach einiger Zeit tauschten wir die Plätze und Alex startete das Auto allein. Sie sollte, das war mein Rat an sie, immer den nächsten Schritt ansagen. Innerlich war ich begeistert, denn sie machte alles richtig. Nach einer Stunde war die Einführung in die Praxis zu Ende. Ich brachte sie nach Hause und bekam noch den versprochenen Kuss. Das Auto brachte ich zu Günter zurück und fuhr dann mit der Bahn zu mir.

11

Ich traute meinen Augen nicht, mein Briefkasten war übervoll. Antworten auf meine vielen Bewerbungen. Endlich.

Ich machte es mir in meinem Ohrensessel gemütlich, und begann die Post zu sichten. Beworben hatte ich mich für alles Mögliche. Ein Schreiben erschien mir besonders interessant. Eine Firma suchte dringend einen Bauleiter und versprach ein angemessenes Gehalt und eine dreimonatige Einarbeitungszeit. Da ich mit Menschen weiblichen oder männlichen Geschlechts immer gut umgehen konnte, hatte ich keine Angst mich für diesen Job zu bewerben. Meine Ausbildung und meine handwerklichen Fähigkeiten machten mich gerade für diesen Job prädestiniert. Minderwertigkeitskomplexe hatte ich nicht. Telefonisch machte ich einen Termin bei der Sekretärin des Personalbüros aus.

Am gleichen Abend telefonierte ich noch mit meinen Freunden Günter, Gerd und Wolfgang um sie an die letzten Details zu erinnern, es lief alles planmäßig. Die Fachfirmen waren zeitlich gebunden, die geplanten Arbeiten sollten dazu dienen Hektik vor der Bank zu verbreiten. Die Werkzeuge, der Wagenheber zum Ausheben des Tresores aus der Wand, das Schweißgerät, um den Tresor von hinten aufzuschneiden, lagerten schon bei Gerd im Keller. Auch der Brief vom Polizeirevier für die Durchführung des Sicherheitsscheck, durch die Bullen, war fertig geschrieben und konnte abgeschickt werden. Chloroform für den Havariefall hatte ich auch besorgt. Günter hatte uns noch einmal versichert, dass er uns den Funkwagen zu 100% beschafft. Der Maskenbildner vom Theaterverein war informiert, dass wir vor der Premiere im Altersheim noch einmal üben wollten, er war bereit, uns zurecht zu machen. Wir hatten uns Masken von Brad Pitt, George Clooney, John Travolta und Tom Hanks gewählt. Unsere Gesichter eigneten sich für diese Maskerade vorbildlich. Es schien alles in Butter zu sein.

Noch war eine Woche Zeit, dann sollte es soweit sein.

In meiner Fantasie stellte ich mir vor, wie es wäre, wenn wir wirklich einmal viel Geld hätten. Vielleicht würde ich mir dann ein Auto kaufen und eine Wohnung richtig schön einrichten. Natürlich würde es einige Zeit dauern, bis wir darüber verfügen konnten. Es war früher Nachmittag und mein Magen machte sich bemerkbar. Wie immer war mein Kühlschrank leer. Ich beschloss schnell runter zu flitzen, um mir eine Pizza zu holen. Auf der Treppe kam mir Gerd entgegen, ich gab ihm meine Wohnungsschlüssel, denn er kannte sich bei mir aus. Ich versprach ihm ein Bier und eine Pizza mit zu bringen. Es dauerte etwas länger als ich dachte.

Bei meiner Rückkehr stand ein Notarztwagen vor meiner Haustür. Irgendwie ahnte ich, dass es mit mir zu tun hatte. Zwei Sanitäter holten eine Trage aus dem Sanka und eilten vor mir die Treppe hinauf. Auf dem zweiten Podest des Hauses lag mein Freund Gerd mit schmerzverzerrtem Gesicht. Der Notarzt hatte festgestellt, dass er sich mehrere Knochen gebrochen hatte. Es schien sogar, dass das Sprunggelenk im Eimer war. Einige Worte konnte ich noch mit Gerd wechseln, dann luden ihn die Sanitäter ohne Wenn und Aber auf die Trage und hasteten die Treppe runter. Ich lief ihnen hinterher und erfuhr, dass sie ihn ins Unfallkrankenhaus Marzahn bringen wollte. Ich versprach meinem Freund mich um seine Katze zu kümmern. Unter großen Schmerzen bat er mich, dass ich mich auch um die Blumen und seine Bonsaizucht kümmern möchte.

Nachdem der Sanitätswagen in Richtung Krankenhaus gestartete war lief ich ziemlich betroffen die Treppe zu meiner Wohnung hoch. Ich aß die Pizza ohne zu wissen was ich aß.

Es war so toll in letzter Zeit, alles so gut vorbereitet, einen guten Job hatte ich in Aussicht und Alexandra schien die Frau meines Lebens zu werden. Wenn ich an sie dachte hatte ich Schmetterlinge im Bauch. Durch den Unfall von Gerd entstand eine völlig neue Situation. Mir wurde plötzlich klar, dass unsere ganzen Vorbereitungen nur eine Nullnummer war.

Am Abend hängte ich mich ans Telefon und informierte Wolfgang und Günter. Bei Wolfgang hatte ich sogar den Eindruck, dass er erleichtert war. Günter äußerte sich nicht dazu. Beide hatte viel Mitleid mit Gerd, denn ein Krankenhausaufenthalt war für uns alle blanker Horror. In unserer Vorstellung existierten solche Häuser und Einrichtungen nur für alte Leute. Wenn man gesund ist, ahnt man nicht, wie schön es ist, wenn der Körper problemlos funktioniert. Traurig ging ich ins

Bett. Die Röhre hatte heute Pause, sie könnte mich auch nicht aufheitern.

Am nächsten Tag rief ich wieder Wolfgang an, denn ich wollte Klarheit haben, wie er zum geplanten Bruch stand. Wir hatten ja jetzt eine völlig neue Situation. Wolfgang wollte am Nachmittag vorbei kommen. Bis dahin hatte ich etwas Zeit, die wollte ich nutzen um mein Fachwissen für den neuen Job aufzupolieren. Auch meine Computerkenntnisse waren nicht auf dem neuesten Stand. Meine Nase stöberte in Fachbüchern, aber so richtig wurde daraus nichts, es gelang mir einfach nicht, mich zu konzentrieren.

Am späten Nachmittag knurrte mein Magen und ich machte mir ein paar Bratkartoffeln. Wolfgang war sicher schon im Anmarsch. Ich lüftete die Wohnung und bereitete einen Kaffee vor. Kurz vor 17 Uhr klingelte es an der Wohnungstür, wir begrüßten uns herzlich. Wolfgang hatte uns ein paar Windbeutel mitgebracht und trug sie in die Küche. Nachdem die Kaffeemaschine ihren Dienst getan hatte machten wir es uns im Wohnzimmer gemütlich, tranken den Kaffee und verzehrten mit großem Vergnügen die Windbeutel. Wolfgang druckste etwas herum, er wusste nicht so recht, wie er anfangen sollte. Er war verlegen, denn er wollte mir etwas mitteilen.

Endlich machte er das Maul auf. Er hatte seine ganze Lebensplanung über den Haufen geworfen. Ich dachte mich tritt ein Pferd, als ich es hörte, dass wir bei unserer Planung nicht mehr mit ihm rechnen könnten. Er hatte die Idee, und das in seinem Alter, immerhin war er 32 Jahre alt, Medizin zu studieren. Ich frotzelte darüber und fragte ihn, ob er zu viele Arztserien im Fernsehen geschaut hätte. Meinen Spott konnte ich kaum im Zaun halten. Ich unterstellte ihm, dass er im weißen Arztkittel nur die Krankenhausgänge unsicher macht, vielleicht wollte er von den Patientinnen angehimmelt werden. Aber ich bemerkte auch, dass es ihm völlig Ernst war. Ich machte noch einen Scherz und sagte dann, dass ein Arzt ein gesundes Bein anstelle des kranken abgesäbelt hatte... Ich hätte meinen Faden immer weiter spinnen können, aber ich wollte ihm nicht noch mehr seine Pläne mies machen. Es war sein Leben und wenn er seine Träume durchzieht konnte man nur den Hut ziehen.

12

Natürlich wollten wir weiterhin Freunde bleiben, denn wir kannten uns seit der Schulzeit. Als er mich verließ, fühlte ich mich erschöpft und müde. Das Wetter trug auch nicht dazu bei, meine Laune zu verbessern. Ich brauchte Ruhe. Meine Gedanken tanzten Foxtrott und nicht besonders gut. Es war schon Mittagszeit als ich aufwachte, das Wetter hatte sich auch nicht verbessert. Eigentlich konnte ich im Bett bleiben und mit der Außenwelt telefonisch in Kontakt treten. Ich döste noch eine Weile und dann schwenkte ich das linke und dann das rechte Bein aus dem Bett, ich ließ den Körper folgen, es war ja alles zusammen gewachsen und es ging ja auch nicht anders. Die Schwerkraft war besiegt. Nun musste ich noch meine geistige Ordnung wieder herstellen, ich sagte mir, es gibt Schlimmeres als eine Absage zu einem geplanten Verbrechen und ich hatte ja noch Günter *in petto*. Jetzt musste ich mir nur etwas Neues einfallen lassen.

Nachdem ich die Zeitung gelesen hatte, kam mir eine tolle Idee, sie war zwar ziemlich ausgefallen, aber mit einer guten Planung konnte es klappen. Der Hauptmann von Köpenick war ja auch erfolgreich, als er die Stadtkasse klaute. Das Finanzamt war das Ziel meines Gedankenblitzes. Manchmal gab einem die Presse wertvolle Tipps, man muss nur zwischen den Zeilen alles richtig lesen, auch Frechheit gehörte dazu, beim Finanzamt so ein Ding zu drehen, weil keiner damit rechnen würde, dass beim Finanzamt Kohle zu holen sei. Und so stellte ich mir die Sache machbar vor. Inzwischen ging es mir nicht mehr um das Geld, allein der Gedanke, dem Finanzamt, die gern kassierten, eins auszuwischen gefiel mir zunehmend besser. Die Zeit drängte etwas, bevor ich meinen Job als Bauleiter antrat wollte ich das erledigt haben.

13

Der Job versprach Selbständigkeit, zunächst musste ich mich aber erst einarbeiten. Zig Menschen müssen sich mit täglicher Arbeit ihr Brot verdienen. Meine Ziele waren klar; ich wollte ein Häuschen mit Garten und eine Frau an der Seite, Spaß am Leben wollte ich haben. Von Natur aus war ich kein Don Juan. Meine Qualitäten lagen auf einem anderen Gebiet. Noch etwas unentschlossen rief ich bei Alexandra an, ich hoffte Klarheit für mein Leben zu bekommen, sie sollte mir dabei helfen. Ich beschloss Tacheles zu reden, ich wollte mit ihr meine Pläne besprechen. Ich rief sie an und hatte aber ihre Mutter an der Strippe, eine ältere freundliche Dame wie mir schien. Sie rief Alex ans Telefon und wir verabredeten uns beim Italiener. Ich bat sie, Zeit mitzubringen und versprach ihr einen interessanten Abend. Sie sollte neugierig werden.

Zum verabredeten Termin besorgte ich ihr Blumen, nicht von der Tankstelle, sondern aus einem Blumenladen. An mein Konto dachte ich dabei nicht, man muss mal was investieren, auch wenn der Dispo kurz vor dem Anschlag stand und ich auf das erste Gehalt lange warten musste. Wenn mein Plan mit dem Finanzamt klappt, hatte ich ausgesorgt. Ich rechnete ganz fest mit der deutschen Mentalität, die in uns allen schlummert. Nach der Devise: Frechheit siegt, wollte ich das Ding drehen, wie der Hauptmann von Köpenick. Meine Gedanken haben sich intensiv mit dem Tresor im Finanzamt befasst. Die Informationen, die ich von einem Bekannten hatte, waren absolut glaubwürdig. Er hatte einen guten Posten in der Verwaltung. Es erschien mir leichter als der geplante Bruch in einer Sparkasse. Die Personaldecke im Finanzamt war auch nicht sehr üppig.

Als ich den Italiener betrat wäre ich bald mit Alex zusammengestoßen. Wir suchten uns einen Tisch etwas abseits, den wir aber wechselten, weil uns die Düfte vom naheliegenden Klo schnell vertrieben. Wir fanden einen Tisch am anderen Ende des Raumes. Als wir uns setzten konnte ich nicht anders, denn ich starrte sie minutenlang an. Ob sie wohl wusste, wie schön sie war? Jedenfalls unterstrich ihre Kleidung ihre tolle Figur.

Sie riss mich aus meinen Gedanken und sagte: „Du kannst mir jetzt die Blumen geben." Ganz aus der Nähe hatte uns ein Ober beobachtet und brachte eine Vase an den Tisch. Nachdem er mit seinen krummen Beinen los dackelte, berieten wir, was wir bestellen würden. Ich merkte schnell, dass Alex heute den Schalk im Nacken hatte. Sie sagte, sie mache das schon und ich solle nur mit allem einverstanden sein. Durch Blickkontakt signalisierte ich dem Ober, dass wir jetzt bestellen wollten. Mit schnellen Schritten kam er an unseren Tisch. Er wollte Alex die Karte geben, doch sie bat um eine Beratung. Er empfahl das Tagesgericht, Pasta mit Käse und als Dessert Quark mit Preiselbeeren. Alex machte ihm schnell klar, dass sie Lust auf frischen Brathering hatte. Für mich wollte sie filetierte Scholle bestellen. Diese Gerichte standen nicht auf der Karte, aber auch nicht typisch für einen Italiener. Frauen sind sehr raffiniert, wenn sie etwas wollen, dann setzen sie alle Mittel ein. Bei Alex waren es die Augen und der Mund, sie verstand es ausgezeichnet ihr Dekolleté ins Blickfeld zu rücken und einen Mann aus dem Gleichgewicht zu bringen. Der Ober versprach den Koch zu überreden die Wünsche zu erfüllen. Er würde sicher auch zum Fischladen laufen um das Gewünschte zu besorgen. Zeit hatten wir ja. Bis zum Essen wollte ich mit Alex über unser Leben in der Zukunft sprechen. Ich begann mit meinen neuen Ideen, aber auch über den Bankraub zu sprechen, der nun ins Wasser gefallen war.

Interessiert hörte sie mir zu. Ich konnte weder eine negative noch eine positive Regung bei ihr erkennen. Wir waren so vertieft, dass wir nicht den Ober kommen hörten, der uns nun endlich unser bestelltes Essen brachte. Es war ausgesprochen lecker, die Italiener können auch Fisch gut zubereiten. Nur das Filetieren war dem Koch nicht ganz gelungen. Meine Scholle war mit einigen Gräten behaftet. Als ich eine im Hals hatte rannte ich schnell zum Klo, um mir die Gräte aus dem Hals zu fummeln. Wir aßen zu Ende und bestellten uns noch ein Dessert. Alexandra sagte dem Ober, dass sie einen *Wustrower Luftsack* haben möchte. Er verschwand in der Küche und tauchte kurz darauf wieder an unserem Tisch auf. Mit einem breiten Grinsen von einem Ohr bis zum anderen, teilte er Alex mit, dass der Koch ihren Wunsch erfüllen würde. Es dauerte nicht lange und er kam mit zwei riesigen Portionen an unseren Tisch. Ich kannte es nicht, das Dessert bestand aus viel Schlagsahne, Vanilleeis mit heißen Kirschen. Wir hatten wirklich zu tun, alles zu verputzen. Mittlerweile war das Lokal so voll, dass an eine ungestörte Unterhaltung nicht mehr zu denken war. Ich grübelte, kam aber leider zu keinem Ergebnis. Mein Kopf funktionierte nicht, ich hatte keine Idee, nur ein dumpfes Gefühl, als wenn man gelähmt ist. Ein Lachen riss mich aus meiner Grübelei. Alexandra hatte bemerkt, dass ich geistig abwesend war, sie sagte: „Komm' wir gehen zu Dir."

Nachdem ich gezahlt hatte fuhren wir in meine Wohnung, mir zitterten die Knie als wir die Treppe hoch stiegen. Ich ging voran und schloss die Wohnungstür auf. Dabei vermied ich es die Deckenbeleuchtung anzuschalten. Das gedämpfte Licht der Stehlampe ließ meine bescheidene Einrichtung nicht ganz so ärmlich erscheinen. Den Weg ins Bad fand Alex allein. Frauen haben wohl einen sechsten Sinn dafür. Sie blieb ein ganze Weile, ich hatte Zeit die Doppelbettcouch herzurichten.. Als sie aus dem Bad zu mir ins Zimmer kam, zog sie sich schnell den Slip aus und kroch unter die Decke. Marsch ins Bad, sagte sie. Ich beeilte mich, schon in fünf Minuten war ich zurück. In der Zwischenzeit hatte sie über die Lampe ein Tuch gehängt. Vorsichtig legte ich mich neben sie und begann ihren kleinen festen Busen zu streicheln. Als ich begann ihre Brüste zu küssen, spürte ich, dass sie Gefallen daran hatte. Unsere nackten Körper schmiegten sich aneinander. Sie begann mich gierig zu küssen. Es wurde die zärtlichste und aufregendste Nacht meines Lebens.

Am nächsten Morgen beim Frühstück erzählte ich von meinem Plan, das Finanzamt zu erleichtern. Mein Bekannter hatte mir den Tipp gegeben, er wollte natürlich ein Stück vom Kuchen haben. Auf die anderen Einzelheiten ging ich nicht näher ein. Ihren Vorschlag, den Tatort gemeinsam zu besichtigen fand ich gut. Nachdem wir uns angezogen hatten marschierten wir los. Dem Pförtner sagten wir, dass wir unseren Hund anmelden wollen. Der Raum mit dem Tresor war aus

Sicherheitsgründen nicht besonders gezeichnet. Ich klopfte an und entschuldigte mich, dass ich mich in der Tür geirrt habe. In einer Ecke stand das Objekt meiner Begierde. Die Tür des Tresors stand offen und viele bunte Bündel lachten mich an.

Auf dem Heimweg gingen wir noch ein Eis essen, uns war heiß geworden. Am nächsten Tag besorgte ich die nötigsten Sachen für den geplanten Streich. Die Stink- und Rauchbomben wollte ich mir in einem Geschäft für Pyrotechnik besorgen. Der Verkäuferin machte ich klar, was ich wollte, aus dem Lager holte sie eine Kiste mit dem scheußlichen Zeug.

14

Den Preis fand ich unverschämt. Für die stinkenden Rauchbomben ohne Knall und Bum. Ich kaufte sechs Stück, es müsste für drei Etagen reichen. etwas Kleinwerkzeug und einen Akku-Schrauber hatte ich zuhause. Vorsorglich wollte ich mir das am Montag einstecken. Man weiß ja nie. Bis dahin waren es noch ein paar Tage Zeit. Das Notwendige war vorbereitet. Meinem Geist und Körper konnte ich jetzt Ruhe gönnen. Zuhause wollte ich lesen, das Buch war anspruchsvoll, aber es langweilte mich. Im Fernsehen gab es auch nur Wiederholungen und Filme für Gruftis. Meine Couch sah einladend aus und ich ließ mich zu einem Nickerchen verführen. Lange hatte ich nicht so gut geschlafen, da wurde ich durch das Klingeln an der Tür aus Morpheus Armen gerissen. Es war Wolfgang, er wollte mal nach mir sehen. Die Arme waren voller Tüten und Päckchen, für mich hatte er einen Sechserpack Bier dabei. Ich half ihm beim Abstellen und brachte den ganzen Kram in die Küche. In einer Tüte von H&M waren offensichtlich Textilien. Wolfgang war nicht flink genug, mich am Auspacken zu hindern. Weiße Sandalen, ein T-Shirt und weiße Hosen, hatte er sich gekauft. Ich bekam einen furchtbaren Lachanfall. Er studierte im ersten Semester und besorgte sich jetzt schon seine Arbeitskleidung. Sicher hatte er sich auch schon Visitenkarten drucken lassen, was für ein eitler Gockel.

Wolfgang war beleidigt, natürlich hatte er bemerkt, wie sehr ich mich amüsierte. Sein Kopf glich einer Tomate, ich hatte zu tun, ihn zu beruhigen. Ein Bier und ein paar Salzletten standen schnell auf dem Tisch. Das Bier glättete die Wogen, unsere Freundschaft hatte keinen Kratzer bekommen. Als er endlich ging, war es zu spät, Günter oder Alex anzurufen. Schnell schrieb ich ihnen eine SMS und signalisierte ihnen, dass alles in Butter sei.

Bevor ich in meinem Bett verschwand, nahm ich mir fest vor, Gerd morgen im Krankenhaus zu besuchen. Sicher wartete er sehnsüchtig darauf, dass ich ihm ein paar Zeitungen und seine Zigarren brachte. Er hing ständig am Telefon und quängelte nach Diesem und Jenem. Diesmal waren es nur zwei Wünsche, mir fiel ein, dass ich für Günter noch ein Megaphon und für Alex ein Handy mit Notruf besorgen wollte. Dieses Handy war neu auf dem Markt, man hatte damit die Möglichkeit einen mit 85 Dezibel lauten Alarm auszulösen.

Auf dem Weg zum Krankenhaus machte ich Station in Köpenick um im Elektronikfachmarkt einzukaufen. Mein Pech war, dass ich alles schleppen musste, ich hatte kein Auto. Mittags war ich im Krankenhaus, Gerd hatte gefuttert und wollte gerade seinen Nachtisch verdrücken als ich ankam. Ich kostete davon und stellte fest, dass das Essen gar nicht so übel ist. Ich blieb eine ganze Weile bei ihm. Als ich ihm von Alex erzählte, schwärmte er von den flotten Schwestern. Es schien ihm prima zu gehen. Sein Sprunggelenk heilte gut. Allerdings machte ihm die Beweglichkeit große Probleme, er zeigte mir, wie sein Fuß nach unten hing. Es sah abenteuerlich aus. Zum Klo und zum Raucherzimmer oder zur Cafeteria konnte er sich nur mit Krücken bewegen.

Zur Kaffeezeit lernte ich auch zwei hübsche Schwestern kennen. Gerd war ein Schlitzohr. Ganz ohne Absicht ließ er seinen Kuli fallen, eine der Schwestern hob ihn auf, das war nicht so einfach, der Kuli war unter das Bett gerollt, dabei konnte wir beide ihren hübschen Apfelpo bewundern. Der Schwesternkittel war eng geschnitten, so dass ihre Figur voll zur Geltung kam.

Nachdem sie uns Kaffee gebracht hatte, bemerkte ich, wie Gerd bald die Fassung verlor. Wie unangenehm, er hatte schon lange Zeit keinen Spaß, seine Erregung war für mich verständlich. Der Kaffee war gut, und es wurde Zeit, dass ich mich verabschiedete. Günter und auch Alex erwarteten meinen Anruf. Die Fahrt nach Hause dauerte sehr lange, erst hatte der Bus Verspätung und die Anschlussbahn war völlig überfüllt. Mit meinem Gepäck hatte ich keine Chance einen Platz zu finden. Ziemlich missgelaunt und hungrig kam ich bei einbrechender Dunkelheit zuhause an.

Im Wohnzimmer war es hell, wahrscheinlich hatte ich vergessen das Licht auszumachen. Als ich an meiner Wohnungstür ankam, hörte ich Musik, meine Mutter konnte es nicht sein, also kam nur Alex infrage. Nur die beiden hatten einen Schlüssel. Ich war so verdattert, dass ich an meiner eigenen Wohnungstür klingelte. Kurze Zeit später, ich wollte schon selbst aufschließen, machte mir Alex die Tür auf. So einen Blick konnten nur Frauen haben. Gott sei Dank, dauerte der stille Vorwurf nicht lange. Völlig abgespannt ließ ich mich auf die Couch fallen. Sie brachte mir etwas Hochprozentiges und wartete, bis ich ihr erzählte, wie ich den Tag verbracht hatte. Darüber musste ich wohl eingeschlafen sein.

Als ich wieder wach wurde, war mir klar, dass Alex den Abgang gemacht hatte. Meine Enttäuschung war groß, sie hatte mir keine Nachricht hinterlassen. Natürlich war ich auch ein wenig traurig, da machte sich plötzlich jemand an der Tür zu schaffen. Es dauerte eine Weile, bis ich begriff, da wollte jemand zu mir. Schläfrig wie ich war schlich ich zur Tür, irgendwie musste ich ja ermitteln, wer zu mir wollte. Vorsichtshalber legte ich die Kette vor, bevor, ich die Tür einen Spalt öffnete. Es gab in meinem Leben Momente, da sah mein Gesicht intelligenter aus.

Alexandra stand da und konnte so herrlich lachen. Sie hatte große Mühe sich zu fassen. Mein Anblick musste köstlich gewesen sein. Zerknautschtes Gesicht und zerknautschte Klamotten. Als fürsorgliche Frau hatte sie uns zwei Pizzen und zwei Cappuccini geholt.

Mein ganzes Leben wurde ich noch nie von einem Mädchen so verwöhnt. In der Regel war es meistens umgekehrt. Wir gingen in die Küche und machten uns über die Pizzen her. Bei aller Liebe und großem Hunger konnten wir nicht alles verputzen. Zufrieden und rundherum satt, machten wir es uns auf der Couch gemütlich. Im Fernsehen lief gerade ein Krimi. Alex brachte das Gespräch auf den Montag und den Besuch beim Finanzamt, alle Einzelheiten wurden von mir noch einmal angesprochen.

Ihre Aufgabe bestand nur darin, den Pförtner abzulenken und in der Nähe des Tresorraumes Schmiere zu stehen. Ich zeigte ihr noch kurz wie das Handy mit der Alarmfunktion funktionierte. Sie wollte es unbedingt einmal ausprobieren. Ein lauter Heulton überzeugte sie vom Nutzen des Handys.

Sie erinnerte mich noch daran, dass Günter anzurufen sei. Das Handy lag auf dem Tisch. Günter war sofort am Telefon, alles paletti war seine Information für mich. Anders hatte ich es auch nicht erwartet. Wir tauschten noch Belanglosigkeiten aus und ich schlug vor, dass er in der Nacht von Sonntag zum Montag bei mir schlafen sollte. Sein Auto könnte er kurz ums Eck parken. Das vereinfachte uns die Anfahrt. Am montagfrüh würden wir nur noch Alex abholen. Die Uhrzeit war nicht so wichtig, wir mussten einfach nur Glück haben. Ob um zehn oder Später, spielte keine Rolle. Daumendrücken und gelassen bleiben war angesagt. Drei freie Tage lagen noch vor uns. Diese Zeit wollten wir miteinander verbringen. Langsam wollte Alex nachhause trullern, sie merkte schnell, dass mit mir nichts mehr anzufangen war. Mir war es recht.

Als ich wieder allein war, machte ich mich bettfein, Zähneputzen, Duschen und den Kaffee für morgen früh vorbereiten. Die Automatik stellte ich auf acht Uhr ein. Gott sein Dank schlief ich gut, meine Nervosität hielt sich in Grenzen. Das Erste, was ich sah, als ich aufwachte, war, eine riesige schwarze Spinne an der Decke, es war eine Schwäche von mir, ich war abergläubig.

Lief mir eine schwarze Katze von links nach rechts über den Weg, machte ich einen Umweg. Die Spinne bedeutete für mich Glück. In Ruhe schmierte ich mir eine Stulle und trank Kaffee. Das Wetter sah gut aus, es gab keinen Grund griesgrämig zu sein. Ich wollte bummeln gehen. Außerdem wollte ich noch zum Autohaus, Alex hatte sich für einen Toyota entschieden. Die Auslagen in den Geschäften langweilten mich bald, also fuhr ich zum Autohaus, dort fand ich die beste Ablenkung. Die Zeit war günstig, die Verkäufer hatten nicht viel zu tun. Sie lungerten im Verkaufsraum herum und bewarfen sich mit Papierkügelchen. Es war ihnen peinlich als sie mich bemerkten. Sie stürzten sich auf mich und traten sich fast dabei auf die Füße. Als ein wenig Ruhe in die Truppe kam, bat ich den nettesten Verkäufer, mir ein paar Autos zu zeigen. Die Werbung „Große Autos und kleine Preise" bestätigte sich leider nicht. Bei dieser Auswahl fiel es mir schwer mich für ein Modell zu entscheiden. In einer Ecke des Verkaufsraumes stand der Hybrid von Toyota. Auf meine Frage nach diesem Wagen, sagte mir der Verkäufer, dass es ein Vorführwagen sei. Ich könne ihn sofort Probe fahren. Er ging soweit, dass ich damit nachhause fahren dürfte. Mein Hirn sagte zwar NEIN, aber mein Bauchgefühl empfahl mir den Vorschlag anzunehmen.

Der Verkäufer gab mir die Papiere und den Schlüssel. Mit gemischten Gefühlen fuhr ich vom Hof. Mein Blick auf die Tankanzeige sagte mir, dass, wenn ich am Samstag mit Alexandra ausfahren wollte, müsste ich noch tanken fahren. Doch in meiner Kasse war totale Ebbe, ich konnte nur 10 Liter tanken, es blieben mir nur noch zwanzig Euro übrig. Ein sehr mageres Wochenende stand bevor. Bis jetzt hatte ich keine Idee, wie ich über die Runden kommen könnte. Alex sollte davon nichts mitbekommen. Am Samstag fuhr ich mit dem neuen Auto zu Alexandra. Vorher holte ich vom Bäcker ein paar Schokohörnchen, es dauerte eine Weile, bis sie die Tür öffnete.

Sie hatte offenbar das erste Klingeln nicht gehört. Ein fröhliches Erstaunen huschte über ihr Gesicht und machte es noch anziehender. Ihr Nachthemd sah wenig züchtig aus ... eine Nonne war sie nicht. Na ja, meine Augen hatten ihre Freude und teilten es meinem Gehirn mit. Schnell gingen wir in die Küche und ich drückte ihr die Tüte mit den ofenfrischen Hörnchen in die Hand. Sie machte uns Kaffee, stellte das Geschirr auf den Tisch und wie ein altes Ehepaar frühstückten wir gemeinsam. Wir besprachen alles Mögliche und ich erzählte ihr vom Besuch im Autohaus. Natürlich wäre sie gern dabei gewesen, sie wusste ja noch nicht, dass ich mit dem Vorführwagen gekommen war. Das Auto stand vor der Tür und ich machte den Vorschlag, wir fahren gleich einmal dorthin. Als wir auf der Straße standen zeigte sie auf den Toyota und sagte, den finde ich schick.

Etwas angeberisch öffnete ich die Tür von diesem Wagen und bat sie einzusteigen. Damit keine falschen Hoffnungen geweckt wurden, erklärte ich schnell, dass ich den Wagen mittags wieder abgeben muss. Sie freute sich trotzdem und starteten in Richtung Übungsplatz. Dort tauschen wir wieder die Plätze, sie sollte sich mit diesem Auto vertraut machen. Die Entscheidung zum Kauf lag bei ihr. Sie hatte die Moneten dafür gespart. Das Auto gefiel ihr und sie fuhr los, als sei sie ein alter Hase, wir übten das Vorwärts- und Rückwärtsfahren, das Einparken und Abbiegen nach links. Alles verlief perfekt, nur die Lichtanlage bereiteten ihr Bauchschmerzen. Es wurde langsam Zeit, das Auto zum Autohaus zurück zu bringen.

Wir waren uns einig, dass uns beiden das Auto zusagte. Ein größerer Wagen kam nicht infrage. Es war ein Hybrid, also auch sparsam. Den Verkäufer im Autohaus mussten wir überzeugen, dass ihm nichts Besseres passieren könnte, wenn er uns das Auto günstig verkauft. Als wir gegen Mittag auf das Gelände von Toyota fuhren war gähnende Leere zu spüren, für einen Samstag recht ungewöhnlich. Den Verkäufer mussten wir zunächst einmal suchen. Mit hochrotem Gesicht kam er aus dem Damen-WC, wir begrüßten uns und aus den Augenwinkeln sahen wir, dass ihm nach kurzer Zeit eine Blondine folgte. Er bot uns Platz und Kaffee an, ein Ritual, der das Verkaufsgespräch einleiten sollte. Alex fand das Auto so gut, dass sie es sofort kaufen wollte. Die Verhandlung mit dem Verkäufer dauerte nicht einmal fünfzehn Minuten. Der Preisnachlass für den Vorführwagen war akzeptabel. Dazu kamen 3% Skonto für die Barzahlung. Das war mir nicht genug und ich leierte dem Verkäufer weiter 3% aus dem Leib. Am Ende nächster Woche sollte der Wagen gewaschen und poliert auf Alex Namen zugelassen zur Abholung bereitstehen. Beglückt zogen wir ab zu mir nach Hause. Den Transport übernahm die Straßenbahn. In einem seligen Augenblick drückte sie mich an sich und gab mir einen dicken Kuss. Zuhause angekommen, machte sie uns ein paar Bratkartoffeln, mehr gab mein Kühlschrank nicht her. Sie bemerkte die Übersichtlichkeit des Inhalts und lobte die Sauberkeit der einzelnen Fächer. Sie leistete mir noch etwas Gesellschaft. Bevor sie ging besprachen wir das Abendprogramm. Alex hatte Lust auf Disco, mir war nicht danach, außerdem konnte solch ein Abend auch teuer werden. Ich sagte nicht zu und versprach ihr, mir ein paar Gedanken zu machen. Wir wollten uns um 17 Uhr wieder bei mir treffen.

Es war ziemlich schwierig, ohne Kohle, am Samstag ein hübsches Weib auszuführen. Allein wenn wir mit der Bahn irgendwo hinfahren wollten, bedeutete dies schon den Ruin für mich. Der Fahrkartenautomat war unerbittlich, für Hin.- und Rückfahrt in die Stadt hätte ich mein ganzes Barvermögen einsetzen müssen. Nach längerer Überlegung hatte ich eine Idee; noch nie war ich auf einer spirituellen Sitzung auf einem Friedhof gewesen; das wäre doch eine preiswerte und interessante Alternative. Mein Problem bestand aber darin Alex das schmackhaft zu machen. Um in Stimmung zu kommen und mich auf Alex vorzubereiten zog ich mir einen schwarzen Pulli und dunkle Jeans an, ein kurzer Anruf bei ihr genügte, ich sagte ihr, sie möchte sich bitte etwas sportliches anziehen. Es war noch etwas Zeit und ich konnte mir eine spannende Tennisübertragung ansehen. Becker spielte gegen Stich.

Pünktlich kam meine Angebetete. Ich erkannte sie am Kleingeln. Als ich öffnete hielt sie mir eine Weinflasche entgegen. In der anderen Hand hielt sie eine volle Einkaufstüte, die sie gleich in die Küche brachte und sich dort zu schaffen machte. Stolz zeigte sie mir dann den gut gefüllten Kühlschrank.

Natürlich war sie auch neugierig, was ich mir habe einfallen lassen.

Zögernd gestand ich ihr, dass in meiner Kasse Ebbe herrscht und wir doch in der Nacht eine spiritistische Sitzung auf dem nahegelegenen Friedhof besuchen könnten. Toll, wie sie auf meinen Vorschlag reagierte. Da noch etwas Zeit war, konnte ich mir das Tennismatch zu Ende ansehen. Wir machten uns eine Kleinigkeit zu essen und tranken ein Glas Wein dazu, bevor wir in ein aufregendes Abendprogramm starteten.

15

Es war dunkel als wir in Richtung Friedhof losmarschierten. Die Eingangstür war schon verschlossen, wir zwängten uns durch ein Loch im Zaun, ohne meine Hilfe hätte es Alexandra nicht geschafft. Wir mussten zum anderen Ende des Friedhofs laufen. Eine Ecke, wo es schon lange keine neuen Bestattungen mehr gab. Dort waren alte Grabsteine abgestellt, das baufällige Gemäuer, die umgestürzte Bäume und hohes Gras machten diese Stelle auch am Tage schaurig. Wir suchten den Weg wo wir die spirituelle Sitzung vermuteten. Bei der Dunkelheit sah man so gut wie nichts. Es war nicht einfach zu finden, irgendwoher flackerten einige Grablichter und aus der Ferne hörten wir Gemurmel. Alex stolperte und wäre beinahe in eine frisch ausgehobene Grube gefallen. Als die Wolkendecke etwas aufriss und der Mond zum Vorschein kam, sahen wir, dass es sich um ein leeres Grab handelte. Sie hatte ganz schöne Manschetten und umklammerte meine Hand. Mir war auch nicht gerade wohl, meinen inneren Bammel ließ ich mir aber nicht anmerken.

Es muss kurz vor Mitternacht gewesen sein, als wir nicht weit entfernt dunkle Gestalten wahrnahmen. Sie huschten hin- und her und stießen unartikulierte Laute aus. Später erfuhren wir, dass sie das Mitternachtsritual vorbereiteten. Unsere Neugier, daran teilzunehmen, war verflogen. Wir versteckten uns hinter einem großen Grabstein. Von dort konnten wir alles beobachten. Die Kirchturmuhr schlug Mitternacht als wir einen Schrei hörten, danach folgte ein lautes Zischen. Schemenhaft nahmen wir wahr, dass jemand offenbar erstochen wurde. Eine männliche Stimme fluchte laut: „Verdammt ich habe Blut abbekommen."

So schnell es ging verließen wir den Ort und hatten Mühe das Loch im Zaun wieder zu finden. Aus der spirituellen Sitzung war ein Tatort geworden. Zuhause angekommen, gossen wir uns erst einmal zur Beruhigung einen Wodka ein. Wir kuschelten uns auf die Couch und sprachen über das soeben Erlebte. Eine Erklärung für den vermeintlichen Ritualmord fanden wir nicht. An das Zischen und das spritzende Blut konnte ich nur mit Schaudern denken. Alex hatte die Idee, dass es sich wahrscheinlich um eine präparierte Gummipuppe handelte. Von einem Mord auf dem Friedhof hatten wir auch noch nie gehört. Wir waren erschöpft vom Abenteuer und gingen bald schlafen. Alex machte es sich auf der Couch bequem. Schon nach kurzer Zeit hörte ich ihre ruhigen Atemzüge. Zu mir wollte der Schlaf einfach nicht kommen. Das eben Erlebte und der kommende Montag beschäftigten mich mehr als ich mir eingestehen wollte. Meine Blase spielte auch verrückt, sie trieb mich mehrmals zum Klo. Dabei musste ich jedes Mal an der Couch vorbei. Ich konnte nicht anders und blieb stehen, um mich am Anblick von so viel Schönheit zu erfreuen. Sie schlief so fest, dass sie meine Gänge ins Bad nicht bemerkte. Irgendwann hatte mich die Müdigkeit doch erwischt. Im Traum erlebte ich alles, was wir uns für den Montag vorgenommen hatten. Hoffentlich war das ein gutes Omen für unsere Unternehmung.

Wir müssen beide fest und tief geschlafen haben, ein heftiges Scheppern der Wohnungsklingel beendete unseren Schlaf abrupt. Mit müden Augen schielte ich zum Wecker und stellte fest, dass sich der Zeiger wie verrückt gedreht haben musste, denn es war schon halb elf Uhr am Vormittag. Ich lief ins Bad, weckte Alex und riss den Bademantel vom Haken und öffnete die Tür.

Natürlich, es war Günter, wir waren ja verabredet, aber erst für den Nachmittag. Er hatte es vor lauter Nervosität zuhause nicht mehr ausgehalten. Wir gingen in die Küche, damit sich mein Mädchen in Ruhe fertig machen konnte. Schon fünfzehn Minuten später kam sie zu uns um sich zu verabschieden. Es war zwischen uns so verabredet, dass jeder für sich allein den Sonntag verbrachte. Günter schlief die Nacht bei mir. Am nächsten Morgen wollten wir sie abholen. Ich sagte ihr noch kurz: „Gegen neun Uhr sind wir bei dir.“

Die Zeit nach dem Frühstück für die Aktion im Finanzamt erschien mir günstig. Beamte hatten sich nach dem Wochenende sicher viel zu erzählen und manch einem steckte die Gartenarbeit in den Knochen. Die Aufmerksamkeit für die

Durchführung bestimmter Geschehnisse, so hoffte ich, war mehr oder weniger eingeschränkt.

Mein Kühlschrank war gut gefüllt und ich konnte uns etwas zum Mittag kochen. Ich machte uns ein Junggesellenmenue; eine Büchse Erbsen, Wurst und Kartoffeln, zum Nachtisch einen Schokopudding.

Beim Essen erzählte mir Günter, dass er mit einem fremden Auto gekommen ist. Er hielt das für schlauer, ich teilte seine Meinung. Günter berichtete mir, dass er sich den Wagen von einem Rentnerehepaar, das zurzeit in Spanien im Urlaub war, ausgeliehen hatte. Der Wagen war ziemlich alt und so konnte er ihn mit einer zurechtgebogenen Korsettstange leicht öffnen.

Den Abend verbrachten wir vor dem Fernseher. Günter wurde von Minute zu Minute nervöser, selbst sein geliebter Fußball konnte ihn nicht ablenken. Ich machte ihm klar, dass er weiter nichts zu tun hatte als die Rauchbomben anzustecken und das Megaphon zu bedienen. Nun ja, wenn das Nervenkostüm blank lag, könnte vielleicht ein Schnaps helfen. Vor dem Schlafengehen goss ich ihm einen dreistöckigen Wodka ein. Oh, welch ein Wunder, er schlief tief und fest wie ein Baby.

Am Morgen war er frisch und voller Tatendrang. Wir schütteten Unmengen Kaffee in uns rein, machten uns fertig und zogen dabei die geliehenen Feuerwehruniformen an. Zum Schluss prüften wir unsere Ausstattung, Gasmaske, Beil und Feuerlöscher, Kleinwerkzeug, Handy und Megaphon. Wir hatten an alles gedacht. Es wurde langsam Zeit zu starten. Bis zum Auto war es nicht weit, auf dem Weg dorthin schenkte man uns keine Beachtung, alle hatten es eilig zur Arbeit zu kommen. Kurz vor neun Uhr hielt Günter vor Alex Haustür, er wollte unbedingt fahren. Den Startvorgang ohne Schlüssel beherrschte er gut.

Alex hatte uns vom Fenster aus bereits gesichtet, kam schnell zum Auto und stieg ein. Was für ein Duft, was für ein Aussehen, ihr Anblick war einfach atemberaubend. Es ging dann direkt zum Finanzamt, Günter hielt kurz an, damit Alex am Haupteingang aussteigen konnte. Wir fuhren weiter, bis um die Ecke und parkten das Auto am Nebeneingang.

Als Alex uns kommen sah, ging sie zum Eingang in Richtung Pförtner. Sie spielte ihre Rolle perfekt. Ihr Aussehen hätte auch einen Eunuchen zu einem wilden Stier werden lassen. Der Pförtner widmete ihr seine ganze Aufmerksamkeit. Superscharf sah meine Kleine aus. Und ein Dekolleté, man musste einfach hinschauen. Ein Magnet hat eine ähnliche Wirkung. Sie fragte ihn nach dem Büro, wo sie eine Hundesteuermarke bekommen würde. Wie zufällig, beugte sie sich dabei weit nach vorne, man hörte es förmlich knistern. So abgelenkt war der Mann, es hätte auch ein Pferd vorbeilaufen können, er hätte es nicht bemerkt. Wir waren schnell an der Pförtnerloge vorbei und rannten wie von einer Tarantel gestochen in Richtung Paternoster. Noch beim Rennen schmierten wir uns Ruß ins Gesicht.

Nun ging alles nach Plan ...

Günter zündete im dritten Stock die Rauchbomben und warf sie vom Lift aus nach rechts und links bis zum Ende des Ganges. Im zweiten Stock absolvierte ich das gleiche Programm. Fast zur gleichen Zeit lösten wir den Alarm mit dem Megaphon aus. Günter schrie ins Megaphon: „Alarm, Alarm, feuer, Feuer, es brennt..." Bei meinem Megaphon hing die Membrane, dadurch wurde mein Gebrüll von einem Pfeifton begleitet. Es klang Mark erschütternd.

Die Türen der Büros wurden aufgerissen, ich schrie: „Alle Mitarbeiter in die Schutzräume!"

Es war lustig anzusehen, wie kleine dicke Menschen um ihr Leben rennen können.

Günter fuhr mit dem Paternoster ins Erdgeschoss, dort musste dasselbe Programm ablaufen. Das Ganze war eine Angelegenheit von nur wenigen Minuten. Alex kam mit dem Paternoster zu mir in den zweiten Stock. Dort sollte sie mich mit dem Not-Handy warnen, falls mich jemand beim Ausleeren des Tresors stören wollte.

Sie war sehr aufgeregt und hatte den Finger schon auf dem SOS-Knopf. Ich war auf dem Weg zum Tresor, da kamen zwei Frauen, aus dem Raum und starrten mich mit aufgerissenen Augen an. Ich rief: „Feuer" und sie schmissen die Tür zum Tresorraum zu und liefen zur Nottreppe.

Jetzt war ich an der Reihe, ich musste schnell handeln. Meine feuerfesten Handschuhe wechselte ich gegen Arzthandschuhe. Dann spannte ich einen mitgebrachten gebogenen Draht in den Akkuschrauber, damit ließ sich die Tür öffnen. Was für ein Anblick, einfach toll. Der Tresor strahlte mich mit offenen Türen an. Kein Mensch würde ahnen, wie viel Schwarzgeld beim Finanzamt zwischengelagert wird. Schnell öffnete ich meinen präparierten Feuerlöscher und stopfte ihn mit herrlichen Geldscheinen voll. Damit die Optik bewahrt blieb, nahm ich nur die Kohle aus der zweiten Reihe und dahinter. Der Vorgang dauerte nicht einmal fünf Minuten. Als ich den Raum verließ, gab ich Alex einen Wink.

16

Jetzt konnten sie das Finanzamt verlassen, ihre Aufgabe war erfüllt. sie wollte zu Fuß nach Hause gehen. Ich ging in aller Ruhe zum Paternoster und fuhr damit ins Erdgeschoss. Günter hatte mich dort schon erwartet, mit verschmutztem, rußigen Gesicht, wollten wir am Pförtner vorbei das Finanzamt verlassen. Wir waren bereits am Ausgang, da rief uns der Pförtner zurück. Mir rutschte das Herz in die Hose, sollte alles umsonst gewesen sein, aber ich behielt die Nerven. Wir drehten uns zu ihm um, die Gasmasken und den Feuerlöscher unter dem Arm, gingen wir ein paar Schritte auf den Pförtner zu. Erst stotterte er etwas, aber dann sprach er uns seinen Dank für die Hilfe aus. Er war begeistert über die schnelle Beseitigung der Brandherde. Wir murmelten etwas wie: „Das ist doch unsere Aufgabe!", und wandten uns dem Ausgang zu. Im Stillen dachte ich: Scherzkeks, die Rauchbomben wären auch von alleine ausgegangen. Es fiel auch nicht weiter auf, als zwei Feuerwehrleute ein kleines rotes Auto an der Ecke bestiegen. Günter startete das Auto wieder ohne Schlüssel, perfekt.

Wir fuhren auf einen abgelegten Parkplatz und zogen uns die Uniformen aus. Günter hatte es übernommen, die Sachen am nächsten Tag zum Verleih zurück zu bringen. Unser Aussehen war wieder normal. Das Gesicht wurde noch gesäubert und dann brachte mich Günter nachhause. Nachdem er die Uniformen und all' die anderen Dinge bei sich zuhause abgeladen hatte, stellte er das Auto auf seinen angestammten Platz zurück. Den Feuerlöscher, dem gutgefüllten unter dem Arm, ging ich schnell in meine Wohnung und schloss gründlich hinter mir zu. Ich war wirklich neugierig, wie viel Geld wir erbeutet hatten.

Als ich den Feuerlöscher ausschüttete, schätzte ich den Betrag auf 500.000 €. Beim Nachzählen klärte sich mein Irrtum auf, es war eine knappe Million. Der Informant wollte sich noch am Abend bei mir melden.

Danach telefonierte ich noch mit Alex und Günter. Wir verabredeten uns für den nächsten Tag in der Spindel zum Essen. Kurz vor acht, scheppert es an meiner Wohnungstür und ich sah im Spion, dass es mein Bekannter, der Tippgeber war. Wir kannten ihn nur unter dem Namen: Schultze macht's schon. Meine Neugier war groß, denn ich war gespannt, was im Finanzamt los sei. Außerdem wollte ich das Geld für ihn los werden.

Zuerst rannte er ins Bad, offenbar hatte er eine Dackelblase. Erleichtert und grinsend kam er nach kurzer Zeit wieder heraus. Ich hatte inzwischen zwei Flaschen Bier und Gläser auf den Couchtisch gestellt. Wir machten es uns bequem, gossen uns das Bier ein und Schultze quasselte los wie eine Marktfrau.

Im Finanzamt herrschte zunächst ein großes Durcheinander, ein Chaos, keiner wusste so recht, was eigentlich los war. Als man die Rauchbomben entdeckte, ging man von einer Brandschutzübung aus. Von den Chefs wollte sich keiner wegen Unwissenheit blamieren. Damit wieder Ruhe in den Alltag einkehrte, ließ der Chef verlauten, dass es sich um eine Brandschutzübung handelte.

Vor den beiden Damen aus dem Tresorraum hatte man nichts weiter gehört. Vielleicht wollten sie nicht zugeben, dass etwas fehlte, oder sie hatten keine Übersicht über den Inhalt des Tresores. Übertriebene Ordnung kann auch zum Chaos führen.

Diese Nachrichten waren Musik für meine Ohren. Als ich Schultze seinen Anteil gab, wurde er so euphorisch, dass er sich mit einem Zwanziger eine Zigarette ansteckte. Na prima, so konnte man Kohle auch verbrennen. Gegen 22 Uhr verabschiedete er sich, ich war müde und ging gleich ins Bett. Bis auf einen ominösen Traum war es eine erholsame Nachtruhe.

Fröhlich sprang ich aus dem Bett. So einen Tag musste man feiern. Ich ertappte mich dabei, dass ich Selbstgespräche führte. Irgendwie wollte ich zur Ruhe kommen. Ich entschloss mich, einen Spaziergang am Müggelsee zu machen. Nach einiger Zeit hatte ich mich beruhigt, die frische Luft tat mir gut. Wieder zuhause angekommen kümmerte mich um die Reservierung in einem Restaurant. Von Wolfgang bekam ich mal den Tipp, dass der Bayrische Hof in der Stadt ganz toll sein soll, eine Erlebnisgastronomie von spezieller Art. Die Verabredung mit Günter verschob ich auf Mittwoch. Alex schickte ich eine SMS mit der Nachricht, dass ich sie am Abend mit der Taxe abholen komme.

Jetzt gönnte ich mir noch einen Mittagsschlaf. Unausgeschlafen konnte man mit mir wenig anfangen. Erfrischt wachte ich gegen 16 Uhr auf und warf mich in Schale. Beim Binden der Krawatte hatte ich Schwierigkeiten, es dauerte seine Zeit, bis der Knoten saß. Ich rief mir ein Taxi. Dem Taxifahrer gab ich die Adresse von Alex und dann fuhren wir gleich zum Bayerischen Hof in Stadtmitte. Das Trinkgeld, immerhin acht Euro, waren dem Fahrer wohl zu wenig, das Wort Danke kannte er offenbar nicht. Es waren nur ein paar Schritte zum Restaurant. Am Eingang stand ein Portier, der uns deftig begrüßte: „Du Saubub, hast Dir ja eine scharfe Braut mitgebracht. Ein hübsches Stapelchen hat sie vor der Hütten.“ Drinnen im Gastraum war Betrieb, ein Ober in Lederhosen brachte uns zu unserem Tisch.

Bevor ich mich setzen konnte, gab er mir einen Stoß und sagte: „Setz Dich, Du Batzi." Alex sah ihn erstaunt an, jetzt war sie an der Reihe: „Da kiecktse Puppe was? Hier wird nicht im Stehen gemampft. Für Deine Figur reicht auch ein Melkschemel."

Er brachte uns die Karte und erkundigte sich: „Was wollt Ihr saufen?" Wir bestellten uns zwei Gläser Ochsenblut, Rotwein. Auf der Karte waren Gerichte, wie: Kalte Füße mit Kraut, also Eisbein oder Geklopftes paniert, ein Schnitzel oder Gedärmtes mit Ketchup also Bratwurst und geölte Kartoffeln, das waren Pommes. Oder Mehlwürmer, das waren Nudeln mit Tomatensoße.

Wir bestellten uns Kalte Füße mit Kraut. Das Essen kam schnell, der Ober bemerkte keck: „Nicht schmatzen und nicht die Hände an der Tischdecke abwischen."

Als ich mir den Teller zu recht schob, sprach er: „Pfoten weg, das mach ich." Dann band er mir eine Serviette um den Hals mit der Bemerkung: „Damit Du Dich nicht bekleckerst, beim Mampfen." Als er sich umdrehte ließ er noch fallen: „Starr nicht so auf den Busen Deiner Tussi." Als er später an unserem Tisch vorbei kam, drohte er mit dem Finger und sagte: „Wenn ihr die Teller nicht richtig ableckt, müsst ihr in die Küche gehen und abwaschen helfen." Wie wir auch von den anderen Tischen bemerkten, löste der Ober viel Heiterkeit bei den Gästen aus.

Die Einrichtung war mit viel Geschmack rustikal, wohl Fichtenholz, ausgestattet. Ein Alleinunterhalter spielte im Hintergrund. Ab und zu nahm er ein Pärchen aufs Korn und machte seine Zoten. Er hatte viele Lacher auf seiner Seite, als er einem älteren Gast ein paar Krücken brachte, klopfte er ihm auf die Schulter und sagte: „Wenn Du die Kleene heute Nacht vernaschst, dann brauch`ste die morgen." Das sprach er so laut, dass die Gäste an den anderen Tischen dies hörten. Er verstand sein Fach und hatte ein tolles Timing. Wir verlebten einen wunderbaren Abend, das Essen war gut, wir mussten nur noch zahlen. Ich gab dem Ober ein Zeichen, damit er uns die Rechnung brachte. Zum Glück saß ich, sonst wäre ich vom Stuhl gefallen.

Fast eine A4-Seite voll war beschrieben, alle Zutaten des Essens, woher sie kamen usw. Eine Summe mit 1.000 Euro ließen meine Knie weich werden. Als ich reklamierte wurde er grob und schimpfte: „Du Batzi, erst frisst Du dich voll und jetzt willste nicht zahlen. Deine Tussi kam mit einem mageren Hinterteil und hat jetzt einen dicken Weiberhintern, solche Gäste habe ich gerne. Wenn ihr wiederkommt, reserviere ich Euch einen Platz im Kohlenkeller."

Ich gab ihm die Rechnung zurück mit der Bitte, er möge mal drauf schauen; er entschuldigte sich dafür, dass er uns ausversehen ein Rezept gegeben habe.

Umständlich knautschte er einen zerknüllten Zettel aus der Hosentasche und strahlte: „Das isse." Der Abend war nicht teuer, das Trinkgeld fiel gut aus. Sein Kommentar dazu: „Jetzt biste pleite, was? Und musst nachhause loofen. Trotzdem Dankeschön, endlich können meine drei Kinder studieren."

Ein vorbeifahrendes Taxi hielt an, als ich ihm winkte. So etwas hatten wir beide noch nicht erlebt. Bei Tageslicht wären wir da nicht eingestiegen. Das Gesicht des Fahrers war verdeckt von einem riesigen Bart und beim Sprechen stotterte er etwas. Nachdem wir ihm sagten, wohin wir wollten, gab er das Ziel in sein Navi ein. Er startete und gab Gas. Ein Formel-1-Fahrer hätte seine Freude gehabt. Gott sei Dank war es im Innenraum leise. Alex gab dem Fahrer zu verstehen, dass sie gerne das Rentenalter erreichen möchte. Er murmelte etwas dazu, fuhr aber dann ganz ordentlich zu uns nachhause. Beim Bezahlen rundete ich großzügig auf, er bedankte sich und raste wieder los, als wolle er ein Rennen gewinnen.

Alex schlief wieder bei mir. Die Couch war schnell ausgezogen und frische Wäsche hatte ich immer im Bettkasten. Als ich aus dem Bad kam lag sie schon im Land der Träume. Enttäuscht war ich nicht, mir ging es auch so, der lange Tag mit dem Erlebten forderte seinen Tribut. Durch ein Poltern wurde ich wach. Alexandra hatte einen Stuhl umgerissen, ein Blick auf die Uhr erfreute mich, es lagen noch viele Stunden Schlaf vor mir.

Als sie zurück ins Zimmer kam, begann sie sich auszuziehen. Meine Augen signalisierten mir, die Nacht ist noch lange nicht vorbei. Was dann kam, war keine Leidenschaft, sondern der Urknall des Universums. Unbeschreiblich wie glücklich man sein konnte, wenn man sich zueinander hingezogen fühlt. Bis zum Morgengrauen war noch Zeit, richtig schlafen konnten wir beide nicht mehr.

Frühmorgens schubsten wir uns gegenseitig aus dem Bett. Es war sehr lustig, als ich sagte: „Meine Mutter ist eine schöne Frau gewesen." Ich erklärte ihr, dass ich sehr nach meiner Mutter käme. Sie schmiss ein Kissen nach mir und bewegte ihren Apfelpo in die Küche. Zeit für ein gemeinsames Frühstück war noch. Alex musste erst um 12 Uhr ihren Platz an der Kasse einnehmen. Am Abend wollten wir uns wieder bei mir treffen. Günter sollte auch dazu kommen.

17

Schultze, mein Bekannter vom Finanzamt, hatte mich darüber informiert, dass vom Einbruch nichts bekannt wurde. Also könnte ich das Geld aufteilen und ich musste mich sputen es je nach Anteil einzutüten bis zum Treffen am Abend. Mit meinem Anteil und dem, was Gerd bekam, waren es wirklich eine Million. Als alles eingetütet war hatte ich kaum Zeit mir noch ein paar Stullen zu schmieren. Ich entschied mich dafür, vom Italiener ein paar Pizzen für uns zu holen. Das Bier stand kühl, meine Gäste konnten kommen.

Zuerst kam Alex. Sie sah wie immer sehr schick aus. Wir hatten noch etwas Zeit über unser Abenteuer zu sprechen. Als Günter kam, stellte sie noch die Gläser auf den Tisch und servierte die Pizzen. Wir tauschten uns noch einmal über den vergangenen Montag aus und waren noch immer verblüfft, welchen Dusel wir hatten. Nach dem ich ihnen die prallen Geldtüten übergab, verabschiedete sich Günter schnell. Offenbar hatte er noch ein Rendezvous. Meine Mahnung, seinen neuen Wohlstand nicht zur Schau zu stellen, hörte er nur noch mit halbem Ohr. Mit 33 Jahren war er eigentlich erwachsen genug, meine Worte zu beherzigen. Auf der Treppe nahm er immer zwei Stufen auf einmal. Ich dachte noch, man musste der brennen.

Kurz danach stand Günter wieder vor der Tür, er hatte seinen Blumenstrauß bei mir vergessen. Diesmal ging er langsam die Treppe runter, meine Worte, wenn sie Dich mag, wartet sie auch auf Dich, waren bei ihm angekommen.

Als wir allein waren besprachen wir noch den Autokauf am kommenden Samstag. Wir waren aufgeregt, denn ein Auto kauft man nicht alle Tage. Es war schon spät als ich sie nachhause brachte. Zuerst sträubte sie sich, als ich mir aber die Jacke anzog und sie zur Tür schob, nahm sie es dankbar an. Wir wollten die Straßenbahn nehmen, gingen dann aber doch zu Fuß. Es war ein toller Abschluss des Tages. Um den Zahnbecher machte ich einen Bogen und streckte mich gleich unter die wärmende Decke. So schnell war ich noch nie eingeschlafen.

Ich glaubte zu träumen, als es an meiner Tür laut schepperte. Es bummerte jemand und rief meinen Namen. Schlaftrunken schlich ich zur Tür um nachzuschauen, wer da den Mut hatte, mich um diese Zeit zu wecken.

Es war mein Freund Günter. Er war kreidebleich und stand weinerlich vor mir, stieß mich beiseite und ließ sich dann in meinen alten Sessel fallen. Ich versuchte ihn zu beruhigen und goss ihm einen Wodka ein. Seinem Gestammel war nicht zu entnehmen, was los war. Zur Beruhigung öffnete ich die Fenster und riet ihm tief durchzuatmen.

Fast zwanzig Minuten hatte es gedauert, bis sich Günter klar ausdrücken konnte. Umständlich berichtete er mir von seinem Rendezvous. Das kleine hübsche Thaimädchen hatte auf ihn gewartet. Sein neuer Passat war auch im Dunkeln nicht zu übersehen, er gestand mir, dass er sie sehr gern verführt hätte. Günter wählte einen Parkplatz am Waldrand, wo wenig Verkehr war. Als sie mitten beim Machen und Tun waren warf sie ihre Jacke auf den Rücksitz, dabei ist ihr das Handy zwischen die Sitze gefallen. Sie bat ihn, dass er es hervorholt. Günter stieg aus, um besser unter die Sitze sehen zu können. In der Zwischenzeit untersuchte das kleine Luder das Handschuhfach, sah das Geld, griff danach und sagte: „Ich muss mal rasch ins Gebüsch" und verschwand. Als er mit seiner Taschenlampe unter die Sitze leuchtete, hatte sie den Umschlag mit dem Geld geklaut.

Es dort zu verstecken, war wirklich dämlich von Günter. Ich konnte dafür keinen Ausdruck finden. Er hatte vergessen das Fach abzuschließen. Den Verlust bemerkte er erst, als das Mädchen nicht wieder kam. Seine große Verzweiflung wurde für mich jetzt verständlich. Uns war klar, das hier nichts zu machen war, die Bullen konnten wir nicht ins Spiel bringen. Es gab ja keine Erklärung dafür, woher Günter diesen ganzen Zaster hatte. Auch eine Erbschaft oder einen Lottogewinn könnte man nicht glaubwürdig nachweisen. Der Amtliche Weg, das Geld zurückzubekommen, schied aus. Wir besprachen die Möglichkeit das Thaimädchen aufzuspüren um eine gütliche Einigung zu erzielen. Aber es schien auch unwirklich, wenn Günter das Mädchen einmal zufällig traf, würde sie sicher alles abstreiten. Der Gedanke lag nah, dass sie bestimmt schon die Stadt verlassen hat.

Mein guter Freund war geknickt, sah aber auch ein, dass es seine eigene Schuld war. Sein Vorhaben, den Passat finanziell auszulösen, konnte er jetzt in den Rauch schreiben. Mir war es jetzt fast peinlich ein Krösus zu sein und er hatte Schulden. Ich ging an mein Versteck und holte ein kleines Bündel Banknoten, es müssen fast fünfzigtausend gewesen sein und drückte sie ihm in die Hand. Seine Reaktion hatte mich in Erstaunen versetzt, er freute sich wie ein kleines Kind. Wir plauschten noch eine Weile, bis wir uns verabschiedeten. Beim Gehen bedankte er sich immer wieder, er versprach mir, morgen das Auto zu bezahlen. Ich war völlig übermüdet, ich hätte im Stehen schlafen können.

Da hatten wir bei unserem Einbruch so viel Glück und der hormongesteuerte Affe verlor alles für ein paar Minuten Spaß. Schnell gewonnen und durch Leichtsinn verronnen.

Leicht verkatert stand ich am nächsten Morgen auf und brühte mir einen starken Kaffee. Meine Gedanken rotierten und ich überlegte, was ich alles erledigen wollte. Der Autokauf am Samstag, der Jobbeginn am Montag und vieles mehr. Mein Leben war ziemlich stressig. Noch hatte ich Zeit und ich beschloss in die Stadt zu fahren, um mir eine richtig teure Uhr zu kaufen. Eine Glashütte sollte es sein, zum Glück fiel mir ein, dass ich nicht einfach in einen Juwelierladen hereinspazieren konnte und meine Traumuhr in bar bezahle. 12.000 € sind kein Hühnerdreck. Vielleicht wäre der Juwelier glücklich bei diesem Umsatz oder er würde misstrauisch werden. Jetzt hatte ich zwar Kohle, konnte sie aber nicht leichtsinnig ausgeben. Ich war ratlos, andererseits wollte ich diese Uhr unbedingt haben, es war natürlich der pure Luxus, beim Auto dachte ich vernünftiger.

Mein Hirn fing an zu ackern, die kleinen grauen Zellen überschlugen sich, drängelten und rasten hin und her, schlugen Purzelbäume und ich kam zu einem genialen Ergebnis. Die Idee gefiel mir und ließ sich ohne große Umstände durchführen. Da ich nicht mobil war, fuhr ich mit der Bahn zum Ku' Damm. Zuhause hatte ich mir die Anschrift und die Nummer von einem Juwelier aufgeschrieben.

Zunächst ging ich in den Zoo und suchte mir eine ruhige Stelle. Eine Bank in der Nähe des Elefantenhauses gefiel mir und schien geeignet für ein ungestörtes Telefonat. Ich rief den Juwelier an und meldete mich als Geschäftsführer des Hotel Adlon. Am Ende der Strippe war eine Angestellte des Geschäfts. „Was kann ich für Sie tun?"

Jetzt war ich in meinem Element und sagte, dass ein prominenter Gast unseres Hauses diese bestimmte Uhr kaufen wollte. Sie erkundigte sich, ob der Gast seriös und solvent wäre. Ich sagte ihr, dass der Gast anonym bleiben möchte, aber bar in Dollar oder Euro zahlen und einen Boten schicken würde. Der Bote wäre in dreißig Minuten im Geschäft. Ich versicherte mich, dass meine Brieftasche noch an ihrer Stelle war. Danach erhob ich mich und schlenderte gemütlich zum besagten Geschäft. Ich wollte weltmännisch wirken, setzte mir dazu die Sonnenbrille auf und öffnete den obersten Knopf vom Hemd. Als ich das Geschäft betrat stand nur ein Kunde drin, der sich Eheringe zeigen ließ. Einer anderen Verkäuferin signalisierte ich, dass ich der Bote vom Hotel Adlon sei und die Uhr holen wollte. Sie bat mich, einen Moment zu warten.

Der Inhaber wickelte Geschäfte in dieser Größenordnung persönlich ab. Von hinten kam ein eleganter junger Mann, der sich als Juniorchef vorstellte. Er holte die gewünschte Uhr aus der Vitrine und erklärte mir etwas umständlich ihre Funktionen. Nach der Bezahlung versuchte er noch den Namen des Prominenten zu erfahren, dabei war er ziemlich ungeschickt. Ich blockte ab und ließ mir die Uhr geben und den Garantieschein ausstellen und verließ lässig das Geschäft. Zum Bahnhof war es nicht weit, ich wollte schnell nachhause. Es gab noch einiges zu besprechen mit meinem Mädchen. Samstag war ihr großer Tag, wo sie sich ihren Traum vom Auto endlich erfüllen konnte. Zuhause angekommen, rief ich sie gleich an, sie wollte dann vorbei kommen.

Natürlich freute ich mich auf sie, denn wir hatten uns zwei Tage nicht gesehen, wenn man verliebt ist, war das eine endlose Zeit. Auch wollte ich ihr die Uhr zeigen, die ich mir heute gekauft hatte, über den Preis wollte ich schweigen, sie würde mich sicher für verrückt erklären. Kurz vor halb neun kam sie, etwas außer Puste, angedüst. Sie ging gleich in die Küche und machte uns ein paar Schnittchen zurecht. Dazu tranken wir ein schönes kaltes Bier.

Während wir aßen erzählte ich ihr die ganze Geschichte vom Uhrenkauf, vom Anruf als Geschäftsführer und meiner Rolle als Bote. Etwas Eitelkeit war dabei, als ich ihr die Uhr zeigte, ich wollte angeben. Auf ihrem Gesicht sah ich, dass es mir gelungen war. Leider konnte sie nicht über Nacht bleiben, wir bedauerten es beide. Beim Gehen sagte sie mir noch, dass sie mich am Samstag auf dem Weg zum Autohaus mit einer Taxe abholen würde.

Als Alex gegangen war schaltete ich mir den Fernseher an, um mich abzulenken. Als die ersten Bilder über den Bildschirm flatterten, erkannte ich John Wayne, wie er sich gerade mit zwei Pferdedieben duellierte. Herrlich, mein Körper flezte sich auf die Couch und der kleine Junge in mir wachte auf und hatte viel Spaß an diesem Western.

18

Geschlafen hatte ich tief und traumlos. Was für eine Woche, Stress, Abenteuer, Unruhe, das sollte nächste Woche vorbei sein? Ein Leben als Arbeitsbiene konnte ich mir nicht vorstellen. Ich hatte einen gut bezahlten Arbeitsvertrag unterschrieben, wo blieb die Freude darüber. Ich musste meinen inneren Schweinehund besiegen, dann wird es schon gehen. Mit diesen Gedanken schwang ich meinen Körper aus dem Bett, unendlich viel Zeit blieb mir nicht. Alex wollte mich gegen elf Uhr abholen.

Beim Anziehen stellte ich fest, unterhalb der Brust bildete sich ein Bäuchlein, ich hatte in der letzten Zeit den Sport vernachlässigt. Meine kleine Wampe wollte mir nicht gefallen. Voller Ungeduld wartete ich auf Alexandra. Es war schon Elf und sie hätte schon da sein müssen. Ich rief bei ihr an, leider ohne Erfolg, nur der AB war zu hören. So recht wusste ich nicht, was ich tun sollte, es war schon halb zwölf, als meine

Klingel schepperte. So schnell war ich lange nicht an der Wohnungstür, es war meine Angebetete. Wir mussten uns sputen. Sie erzählte mir, dass das Taxi eine Reifenpanne hatte und sie auf das nächste warten musste. Wir stiegen ein und fuhren zum Autohaus von Toyota. Der Verkäufer hatte uns schon erwartet, das Auto stand poliert und gewienert auf dem Hof vor dem Verkaufsraum. Wir nahmen an seinem Schreibtisch Platz, die Formalitäten waren schnell erledigt. Alex bekam die Schlüssel und Papiere. Anstelle einer Flasche Sekt bekam sie als Präsent eine Handtasche von Lorenzo. Aufgeregt und voller Freude stiegen wir ins Auto und fuhren zur nächsten Tankstelle.

Wir planten dann irgendwo ungestört essen zu gehen, möglichst außerhalb von Berlin. Ich wollte die 140 PS einmal ausprobieren. Der Motor schien bei 5.000 km gut eingefahren. Ich schlug vor, bis Teupitz zum Schloss zu fahren, dort konnte man sich richtig verwöhnen lassen. Das eingebaute Navi brachte uns über Friedrichshagen, Erkner, KW direkt nach Teupitz. Ich war überrascht, was der Toyota konnte. Die Klimaanlage tipp top, der Geräuschpegel in Ordnung und der Motor machte seine Arbeit. In keiner Situation war dem Auto eine Anstrengung anzumerken. Nach vierzig Minuten waren wir am Ziel. Mit etwas Mühe fanden wir einen Parkplatz, nur 200 Meter trennten uns vom Haupteingang des Schlosses. Wir wählten einen Tisch auf der Terrasse. Das Wetter lud dazu ein. so konnte es weiter gehen. Wir bestellten uns etwas zu trinken, der Ober empfahl als Hauptgericht das Forellenfilet und zum Dessert einen Obstkuchen. Die Getränke standen schnell auf dem Tisch, als wir anstoßen wollten sagten zwei Stimmen hinter uns: „Prost, wir haben auch Durst."

Die Stimmen kamen mir bekannt vor, es waren Wolfgang und Gerd, wir hatten noch Platz am Tisch und so luden wir sie ein sich zu uns zu setzen. Sie erzählten, dass sie auf dem Weg nach Cottbus wären, dort fand ein Tennisturnier statt und Wolfgang wollte daran teilnehmen. Gerd war noch nicht wieder fit, er war gerade aus dem Krankenhaus entlassen worden. Wolfgang wollte Gerd als Betreuer dabei haben. Cottbus lag auf dem Weg und sie hatten Lust nobel und gut zu speisen. Wir hatten uns längere Zeit nicht gesehen und eine Menge zu erzählen. Alex schlug vor, dass wir uns zu einem gemütlichen Abend bei ihr treffen sollten. Gerd und Wolfgang hatten schon gegessen und mussten weiter, sie wollten ja noch zum Turnier nach Cottbus, sie hatten es auf einmal furchtbar eilig. Sie verabschiedeten sich, hatten aber vergessen ihre Zeche zu begleichen. Ob Absicht dahinter steckte, ich weiß das bis heute nicht. Im Vergleich zu unserer Zeche war das aber nur ein Klacks.

Zurück fuhren wir über die Dörfer, dafür brauchten wir keine Navigation, alles war gut ausgeschildert. Es war unglaublich, wie sie alles in den letzten Jahren alles verändert hatte. Die Straßen und Häuser bestens in Schuss, Rund um den Motzner See hatten sich die Neureichen einen Wettbewerb im Häuslebau geliefert. Frei nach der Devise: schöner, größer, besser.

Wir hatten Glück, das Wetter hielt und wir kehrten noch in KW ein. Im Biergarten war nicht viel los, wir bestellten Würstchen und Salat und dazu alkoholfreies Bier. Die Würstchen waren heiß und schmeckten lecker, der Salat war matschig mit viel Öl und Mayonaise. Nach dem wir eine Gabel davon probiert hatten, schoben wir den Teller beiseite.

Beim Bezahlen konnte ich mir nicht verkneifen, dem Ober etwas zum matschigen Salat zu sagen. Er entschuldigte sich und schob alles auf den Azubi, der Koch war ausgefallen. Ich zahlte und das letzte Stück bis Erkner fuhren wir über die

Autobahn. Vorsorglich hatte Alexandra eine Garage angemietet, sie war sehr eng und ich hatte Mühe das Auto richtig abzustellen, um nichts zu beschädigen. Den Vorschlag, dass ich das Auto fahren dürfte, bis sie den Führerschein hat, habe ich abgelehnt. Als ich mich von ihr verabschiedete, gab ich ihr nur einen müden Schmatz, sie bemerkte, dass konntest Du auch schon besser. Meine Verlegenheit verbarg ich hinter einem matten Gähnen, mir blieb auch nicht anderes übrig. Wir drückten uns und ich versprach, dass ich sie in der nächsten Woche anrufen werde.

Als ich zuhause ankam legte ich mich völlig fertig in die Falle. Meine Gedanken ließen den Tag Revue passieren. Es dauerte nicht lange und ich schlief ein.

Am nächsten Morgen war mein Körper wie zerschlagen. Das alte Rezept, kalt zu duschen und mich mit Wechselbädern wach zu machen behagte mir nicht. Es war mir immer ein Greul, meinen Körper mit kaltem Wasser in Berührung zu bringen. Die Mindesttemperatur, bei der ich mich wohl fühlte betrug 25°C. Mit großer Überwindung kroch ich unter die Dusche und mit Mut betätigte ich abwechselnd den kalten und den heißen Wasserhahn. Nachdem ich mich abfrottierte, begann ich mich wohl zu fühlen. Meine Geister kehrten zurück. Nur noch etwas Sauerstoff und alles war wieder paletti.

Am Sonntag waren wenige Autos unterwegs, so war die Luft auf der Hauptstraße gut.

Ich schlenderte die Straße rauf und runter und kehrte im Lokal „Oma kocht am Besten" ein. Ich hatte Appetit auf ein Schnitzel, es war ziemlich schwierig dort am Sonntag einen leeren Platz zu bekommen. Ein paar Handwerker boten mir an, sich an ihren Tisch zu setzen, dankend nahm ich an und gab meine Bestellung auf.

Hätte ich das bloß nicht getan, so ein ungehobeltes und fl_eziges Benehmen. Sie schmatzen und rülpsten voller Behagen. Doch sie brachen bald auf und ich konnte mein Essen in Ruhe und allein genießen. Es war ganz toll und die Preise hielten Schritt mit der Zeit. Es war schon erstaunlich, wie viele Gäste sich ein Essen in der Gaststätte leisten konnten. Am Nebentisch regte sich ein Gast mächtig auf als er die Rechnung bekam. Er schrie den Ober an, doch der konnte am wenigsten dafür, der machte ja nicht die Preise. Der Ober versuchte den Gast zu beruhigen. Nach längerem Disput bezahlte der Gast und verließ schimpfend das Lokal. Qualität hat eben seinen Preis, wer billig essen will, muss zuhause essen. Der Preis hatte mich auch schockiert, doch ein so gutes Schnitzel hatte ich lange nicht gegessen. Ich blieb jedoch cool beim Bezahlen und gab dem Ober obendrein noch ein anständiges Trinkgeld.

Satt und müde ging ich nach Hause und widmete mich meinem zweiten Hobby, dem Mittagsschlaf. Lange habe ich nicht geschlafen, da weckte mich das Telefon. Alexandra war an der Strippe. Sie wollte mir für die Arbeitsaufnahme am nächsten Tag „Alles Gute" wünschen. Wir haben nicht lange gequatscht, ihre Mutter war zu Besuch, sie hatte Probleme mit dem Geld, sie konnte nicht wirtschaften, also sollte ihre Tochter wieder in die Bresche springen.

Nach dem Telefonat schaltete ich die Glotze ein. Ich zappte durch die Programme, aber nichts riss mich so richtig vom Hocker. Nicht einmal beim Sport war Action. Ich hatte lange nicht gelesen, nahm mir einen Krimi von Sebastian Fitze und begann darin zu blättern. Es wurde wirklich spannend, er ließ das Blut nur so strömen. Gegen Elf Uhr am Abend wechselte ich von der Couch ins Bett.

Kurz nach sechs riss mich das Ungeheuer von Wecker aus dem Schlaf. Die Arbeit sollte um acht Uhr beginnen. Zwanzig Minuten Bahnfahrt und zehn Minuten Fußweg bis zur Arbeit lagen vor mir. Über einen weitläufigen Hof, der auf mich einen vermöhlten Eindruck machte, ging ich zu einem Container, in dem sich das Büro befand. Die Tür wurde gerade geöffnet und mir schlug eine Luft entgegen, als wenn man eine Sauna betritt. Der Geschäftsführer hatte gerade ein ziemlich wichtiges Telefonat laufen. Als eine ältere feine Dame dazu kam, fiel ihm etwas herunter, als er sich bückte riss er dabei die Telefonleitung aus der Wand.

Ich hob das Telefon auf und drückte es der Dame mit den Worten in die Hand: „Halten Sie mal". Ihr feines Gesicht lächelte etwas, mit ihren wachen, blauen Augen, musterte Sie mich, von oben bis unten. Ich schätzte sie auf ca. 60 Jahre. Sie stellte das Telefon auf den Tisch, der Schaden war nicht groß, an der Anschlussdose waren zwei Adern gerissen. Schnell war das von mir repariert. Der Geschäftsführer begrüßte mich jetzt, etwas überschwänglich, sagte aber nichts zu meiner schnellen Hilfe.

Mitten im Einstellungsgespräch klingelte es und er bat mich, ich möge gleich zur Chefin kommen. Die eigentliche Einweisung in meine Arbeit würde er im Anschluss machen. Er zeigte mir noch die Tür, hinter der sich das Allerheiligste befand. Als ich das Büro betrat sah ich zunächst nur einen schönen alten Schreibtisch und einen riesengroßen Drehsessel.

Wie sollte ich mich bemerkbar machen?, ich begann zu hüsteln, der Sessel bewegte sich und ich wurde sprachlos. Eine sehr angenehme Stimme sagte: „Ich brauche einen jungen und dynamischen Bauleiter, keinen der Husten hat."

Zu meiner Erleichterung lachte sie dabei. Es war die feine Dame, der ich schon begegnet war. Sie wies auf einen Stuhl, ich sollte Platz nehmen. Sie betrachtete mich sehr intensiv bevor sie begann mich auszufragen. Meine Aus- und Weiterbildung schien ihr zu imponieren. Auf die Frage, warum ich seit einiger Zeit keinen Job hatte, antwortete ich wahrheitsgemäß, dass die angebotenen Stellen unter meiner Qualifikation waren. So ganz schien ihr meine Einstellung nicht zu gefallen. Mit klaren Worten umriss sie, was sie von mir erwartete. Um die Rentabilität des Betriebes war es zurzeit nicht so gut bestellt. Im letzten Quartal waren sie in die Miesen gerutscht.

Bei der Schilderung ihres Betriebes erkannte ich schnell einige Schwachstellen, behielt es aber für mich.

Das Unternehmen hatte 50 Arbeiter und Angestellte und baute Ein- bis Vierfamilienhäuser, darunter auch Villen, alles in eigener Regie, ohne Subunternehmer, Maurer, Tischler, Sanitärleute und Elektriker arbeiteten für diesen Betrieb. Alles was notwendig war, von der Grundsteinlegung bis zum Einzug des Bauherrn, lag in der Hand der Firma.

Zum Schluss des Gespräches griff sie zum Telefon und sagte dem Geschäftsführer, dass sie mit mir zu einer Baustelle fährt. Zu mir gerichtete, fragt sie mich: „Sie können doch Auto fahren." Ohne meine Antwort abzuwarten drückte sie mir die Autoschlüssel in die Hand, wir gingen zusammen hinaus und sie zeigt auf einen Mini, ich grinste ein wenig, denn zur Größe von ihr passte der Wagen. Meine neue Chefin war nicht größer als eins sechzig. Einen Mini hatte ich von innen noch nicht gesehen, er war größer als ich dachte. Den Fahrersitz musste ich erst einmal auf meine Größe, ich war eins achtzig, einstellen, einen Hebel dafür konnte ich nicht entdecken, sie sagte zu mir: „Da gibt es keinen Knopf, bei dieser kleinen Luxuskarre geht das elektrisch." Das Auto hatte alles was man sich wünschen konnte, ob man es brauchte oder nicht. Sie nannte mir die Adresse und wir fuhren los. Die Gegend war mir vertraut, es war leicht zu finden. Trotzdem führen wir fast ein Stunde.

Unterwegs erzählte sie mir, was es für Schwierigkeiten dort gab. Wenn sie den Termin nicht halten könnten, drohte eine hohe Vertragsstrafe.

Bei der Ankunft war ich überrascht, die Maler waren beim Anstrich der Fassade. Rund um den Bau herrschte Chaos, überall lagen Bauteile, Schrott, leere Büchsen und Lumpen herum. Die Chefin begrüßte den Polier und stellte mich als neuen Bauleiter vor. Wir tauschten ein paar Höflichkeiten aus und dann bat ich ihn, mir das ganze Haus zu zeigen. Wir betraten durch den Garten über die Terrasse das Innere des Hauses. Es sah alles tipp top aus.

Aus den Augenwinkeln nahm ich wahr, dass ein Bauarbeiter im hinteren Teil des Gartens sein Auto wusch. Ich registrierte es und sagte dazu nichts. Alle Probleme am Bau, die sich herausstellten wollte ich abstellen, es war meine Aufgabe, die Firma wieder auf Vordermann zu bringen. Dieses Projekt sollte ein Anfang sein. Die Qualität stimmte, aber die Disziplin war schlecht. Der Polier ging voran und wollte mir voller Stolz die Sanitäreinrichtungen zeigen. Als er die Tür öffnete sprangen mir fast die Augen aus dem Kopf.

In der Badewanne war Betriebsamkeit, ein Arbeiter war dabei einer Kollegin den Rücken einzuseifen. Vor Schreck unterbrachten sie die Tätigkeit und sprangen aus der Wanne, sie hatten wohl vergessen, dass sie nackt waren.

Er hatte eine ganz schöne Wampe und bei ihr sah man, dass die Schwerkraft den Busen schon etwas hängen ließ.

Dem Polier war diese Situation mehr als unangenehm. Er konnte sich ausrechnen, dass er dafür sein Fett abbekommen würde. Ein ganzes Fass Schmierseife hatte ich dafür vorgesehen. Ich war zwar nicht nachtragend, aber mein Gedächtnis war hervorragend.

Als ich alles gesehen hatte fuhr ich mit der Chefin zur Firma zurück. Unterwegs unterhielten wir uns über das Bauvorhaben und das was wir gesehen hatten. Sie machte einen recht zerknirschten Eindruck, nebenbei erwähnte sie, wenn dieses Haus nicht vertrags- und termingerecht fertig würde, dann würde sie Konkurs anmelden müssen.

Ich war betroffen über ihre Ehrlichkeit.

Sie bräuchte das Geld um Rechnungen für Baumaterial und die Löhne zu bezahlen. Sie ließ weiter durchblicken, dass sie den Verdacht habe, dass der Geschäftsführer hinter ihrem Rücken krumme Dinger dreht. Ihr fehlten leider die Beweise. Sie gab zu, dass sie fachlich nicht viel Ahnung hatte, aber sie wollte den Betrieb unbedingt halten. Ihr Mann hatte die Firma zu dem gemacht, was sie noch vor kurzem war, ein florierender mittelständiger Betrieb.

Na, da kam ja was auf mich zu, so intensiv wollte ich mich gar nicht reinhängen. Auf der anderen Seite reizte mich diese Aufgabe und mein Ehrgeiz war angestachelt.

Nach dem wir wieder im Betrieb waren, sagte mir die Chefin, wann immer ich das Auto bräuchte, könne ich mir die Schlüssel und Papiere holen. Einen Dienstwagen könne sie mir wegen der Finanzen zurzeit nicht zur Verfügung stellen. Ich nahm mir vor, besonders selbstbewusst zu wirken und ging mit schnellen Schritten zum Geschäftsführer.

So recht hatte es ihm wohl nicht gefallen, dass ich solange mit der Chefin unterwegs war. Recht mürrisch zeigte er mir mein Büro, ich sollte mich schon ein wenig umsehen, er komme gleich nach. Das Büro hat mich überrascht, ein kleiner Raum mit Blick auf das Betriebsgelände. Nach kurzer Zeit kam er und brachte mir mehrere Leitzordner, warf sie auf den Tisch mit dem Hinweis, dass das die derzeitigen Bauvorhaben wären. Das müsste zum Einarbeiten fürs Erste reichen. Als er an der Tür war, sagte er leicht ironisch, ein Auto können sie von mir nicht haben, wenn sie zu den Baustellen wollen, müssen sie schon einen Drahtesel nehmen, der irgendwo im Schuppen steht. Für mich stand schnell fest, dass er mich nicht leiden könnte. Es lag ihm nichts daran, dass ich mich zu sehr mit den Bauvorhaben vertraut mache. Ich gab der Chefin Recht, wenn sie dachte, dass er hinter ihrem Rücken krumme Dinger drehte. Vielleicht war es wirklich ein Betrüger, der in seine Taschen wirtschaftete.

Mit diesen Gedanken setzte ich mich an den Schreibtisch und rief die Sekretärin über die Hausanlage an und bat sie, mir die Telefonnummern, der einzelnen Bauherrn und Baustellen zu geben. Besonderen Wert legte ich auf den Kontakt zu der Baustelle, die ich schon kannte. Mit diesem Polier musste ich auf einen Nenner kommen. Als ich dort anrief war er sofort an der Strippe. Die Schlamperei auf der Baustelle erwähnte ich mit keinem Wort, ganz im Gegenteil ich wählte einen sehr bestimmten aber höflichen Ton. Ich bat ihn, morgen früh zu mir zu kommen. Das war erst einmal erledigt, ich musste mir wirklich etwas einfallen lassen, um eine Kopfwäsche kam er nicht herum.

Wenn er nicht anfing, die Baustelle in den Griff zu bekommen, würde ich ihm so den Marsch blasen, dass er am Abend mit seiner Frau danach Foxtrott tanzen könnte. Das Projekt nahm ich mir mit nach Hause, vielleicht fand ich Schwachstellen, womit ich ihn festnageln konnte. Auf den ersten Blick schien alles in Ordnung zu sein. Vertraglich geregelte Festpreise, Lohnkosten, Lieferverträge, Wareneingänge, Transportkosten, Baubeginn und Fertigstellungstermin, alles war fixiert und trotzdem kam mir die Angelegenheit spanisch vor. Ich nahm mir noch einmal die Bauzeichnungen vor, aber jetzt noch gründlicher, es war nur ein normales Zweifamilienhaus mit Doppelgarage, Wohnraum, Küche, Keller und im Obergeschoss die Schlafzimmer. Oben befand sich zusätzlich noch ein Balkon und das Haus hatte zwei Bäder. Von der Größe nicht außergewöhnlich aber dennoch sehr großzügig. Warum zwei Bäder, die Kosten dafür waren enorm. Als nächstes sichtete ich die Wareneingänge und die vom Polier abgezeichneten Lieferscheine.

Mir fielen schon fast die Augen vor Müdigkeit zu, als mir ein Lieferschein mit vier Badewannen in die Hände fiel. Im Projekt waren je eine Wanne und eine Dusche vorgesehen, schon jetzt konnte ich ihn festnageln. Der Polier musste mit mir in eine Richtung marschieren, der Termin musste eingehalten werden. Die Ungereimtheit mit den Badewannen wollte ich morgen klären, vielleicht fand ich noch mehr.

Als ich am nächsten Tag mein Büro betrat, war der Polier schon da. Er lief nervös auf dem Hof herum. Etwas schmoren sollte er noch, dann rief ich ihn zu mir. Demonstrativ legte ich den Ordner mit dem Projekt auf den Tisch. Nachdem er Platz genommen hatte, nahm ich die Lieferscheine mit den vier Badewannen und hielt sie ihm vor die Nase. Danach war es kein Problem mehr, ihm klar zu machen, dass das Bauvorhaben zum vereinbarten Termin fertig sein musste. Es war alles gesagt, die Audienz war beendet.

Ziemlich kleinlaut donnerte er mit seinem qualmenden Christusverfolger vom Hof.

Unschlüssig schob ich die Ordner mit den Projekten hin und her. Es war sinnlos, es fiel mir nichts ein. Schließlich nahm ich mir ein Blatt Papier und begann kleine Männekins zu malen. Je mehr Männekins ich hin kritzelte, umso ruhiger wurde ich. Ich beschloss die Baustellen abzuklappern um mir ein Bild von den einzelnen Projekten zu machen. Wenn ich mir die Zeit so einteilte, jeden Vormittag eine Baustelle aufzusuchen, müsste ich bald alle Projekte kennen.

Kurzerhand holte ich mit die Papiere und Autoschlüssel von der Chefin und düste mit dem Mini los. Als ich abfuhr lief mir gerade der Geschäftsführer über den Weg. Beinahe hätte ich ihn über den Haufen gefahren. Kurz teilte ich ihm mit, dass ich zur Baustelle fahre. Allerdings ärgerte ich mich darüber, dass ich die Ordner mit den letzten fünf Projekten nicht verschlossen hatte. Er konnte somit leicht feststellen, zu welcher Baustelle ich unterwegs war.

Auf den Straßen war viel Verkehr und die Fahrt zur Baustelle dauert länger als ich veranschlagt hatte. Als ich dort ankam, merkte ich sofort, dass die Monteure informiert waren. Der Polier kam mir schon entgegen. Ich stellte mich vor und bat ihn, mir das Projekt zu zeigen, es war ein Einfamilienhaus und zu 75% fertig. Die Monteure waren dabei im Bad und in der Küche die Wasserleitungen anzuschließen. Als wir zum Dachgeschoss stiegen hörte ich, wie ein anderer Bauarbeiter sagte, der Neue ist ein Kucki, so nannte man in Baukreisen, die Bauleiter, Manager, die den Durchblick hatten und sich durchsetzen konnten.

Offenbar hatte es sich schon herumgesprochen, dass auf Baustelle Nr. 1 der Hase jetzt anders lief. Mein erster Eindruck war positiv, ich ging noch zu den Installateuren um ihnen bei der Arbeit über die Schulter zu schauen. Eigentlich alles sympathische Leute. Als ich sie locker ansprach: „Na, alles rund und schick?", kam die Antwort: „Wenn die Armatur dran ist, kann man sie drehen, und wenn man Glück hat, kommt Wasser raus."

Zuerst war ich verdutzt, aber dann haben wir alle gelacht. Als ich ging, drückte ich dem Polier noch einen Zwanziger in die Hand, das sollte mein Einstand sein.

Das Fahren mit dem Mini machte mir richtig Spaß. Es war nur ein kurzer Weg zur meiner nächsten Baustelle. Zu meiner Verblüffung schufteten alle, als hinge ihr Leben davon ab. Der Polier war also in der Lage, seine Leute einzuweisen und anzutreiben. Ich grüßte ihn nur kurz und versprach ihm bei fristgemäßer Übergabe, dass jeder einen Tag Sonderurlaub erhalte.

Als ich in der Firma ankam, war auf dem Betriebsgelände kein Mensch zu sehen. Das Auto stellte ich auf seinen Platz und wollte der Chefin sogleich die Papiere und die Schlüssel zurückgeben. Das Allerheiligste befand sich nicht weit von meinem Büro. Ich war schon auf dem Weg, da kam mir ein laut bellendes, graues Etwas entgegen gestürmt. Angst vor Hunden hatte ich nicht, meine beruhigenden Worte machten bei ihm keinen Eindruck. Die Chefin hat den Krach gehört und rief: „Sarah, aus!" Doch das interessierte den Hund wenig, er sprang an mir hoch und zeigte mir sein gefährliches Gebiss. Endlich bequemte sie sich aus ihrem Büro und befreite mich ein meiner Lage. Die Mitteilung, alles in Ordnung, die Übergabe klappt, zauberte ein Lächeln in ihr Gesicht.

Als ich in mein Büro ging, klinkte ich an die Tür des Geschäftsführers. Keiner da und die Sekretärin sicher beim Fri-

seur. Wahllos nahm ich mir ein paar Ordner aus dem Akten-
schrank und blätterte herum. In einem Ordner fand ich den
Vermerk „vertraulich." Meine Neugier war geweckt. Den Ordner nahm ich an mich und sah ihn mir in meinem Büro etwas
genauer an. Es waren Rechnungen und Lieferscheine in einem größeren Umfang. Meine Aktentasche war groß genug
und ich stopfte ihn da rein.

Auf dem Weg nach Hause wollte ich in einem Copy-Shop
den gesamten Inhalt kopieren lassen. Ich musste nur zu sehen, wie ich ihn unbemerkt wieder an seinen Platz stellte.
Gott sei Dank, ich hatte einen Generalschlüssel. Nach dem
Kopieren, kurz bevor ich nach Hause ging war auch das erledigt.

19

Innerlich klopfte ich mir auf die Schulter. Mittlerweile war
es schon einundzwanzig Uhr, müde, stieg ich die Treppen zu
meiner Wohnung hinauf. Als ich am letzten Absatz um die
Ecke kam, sah ich vier Beine. Auf der letzten Stufe vor meiner
Tür saß etwas und ich dachte, das auch noch. Ein Paar dieser
Fortbewegungsmittel war hübsch geformt, über das andere
könnte man streiten. Die langen Hosen kaschierten nur recht
und schlecht die Säbelbeine.

Natürlich, wer sollte das sein, es waren Alex und Günter,
sie machten sich Sorgen um mich.

Ich versicherte ihnen, dass es mir gut ginge, aber dass ich
unheimlich müde bin. Den Wink verstanden sie und wollten
nur auf einen guten Kognak schnell mit reinkommen um dann

sofort wieder zu verschwinden. Günter versprach, den Stern meiner schlaflosen Nächte nach Hause zu fahren.

Meinem Fips, so nannte ich sie, goss ich einen Doppelten ein und Günter bekam Apfelsaft. Als Günter das sah, moserte er. Als sie gingen, flüsterte ich Fips zu, dass ich sie am Samstag zu einer Fahrt ins Blaue abholen würde. Das neue Auto müsse ja eingefahren werden und vorsichtshalber möchte sie eine kleine Tasche und ihre Zahnbürste und einen Jogginganzug dabei haben. Auf ein Nachthemd würde ich verzichten, denn bei schönem Wetter könnten wir irgendwo übernachten. Darauf gab sie mir eine Puff in die Seite mit den Worten: „Du Wüstling".

Mit klappernden Absätzen sprang sie die Treppe hinunter, Günter hatte Mühe ihr zu folgen. Nach einem kleinen hygienischen Akt und der Desinfektion meiner Innereien mit einem Kognak, ging ich in die Falle. Wenn meine Aufgabe mich nicht anspornen würde, könnte ich gleich einpacken. So war ich neugierig, was mir der neue Tag bringen würde.

Energiegeladen hüpfte ich beim ersten Weckerklingeln aus dem Bett. Schnell alle Glieder bewegt und danach ein kleines Frühstück, die Firma rief, ich machte mich auf die Socken. Die frische Luft tat mir gut, heute war Freitag und die Aussicht auf ein schönes Wochenende ließ mein Herz Purzelbäume schlagen. Ich hätte singen können, doch leider brachte ich keinen ordentlichen Ton heraus.

Als ich ankam, sah ich den Geschäftsführer, er hatte sogar ein paar freundliche Worte für mich. Doch in meinen Augen war er ein falscher Hund, die Rechnungen und Lieferscheine, von denen ich jetzt Kopien hatte waren alle samt von ihm abgezeichnet. Wir wechselten nur banales Zeug, er schien mir heute sehr umgänglich. Nachdenklich ging ich in mein

Büro, so richtig schlau wurde ich noch nicht aus ihm. Heute wollte ich zwei weitere Baustellen besuchen und etwas Vorbereitung konnte nicht schaden. Also steckte ich meine Nase in die Projekte. Die Baustellen waren nicht allzu groß und ich war schnell mit der Durchsicht fertig, keiner würde mir ein X vor dem U vormachen.

Bevor ich losfuhr informierte ich noch die Chefin, sie bat mich, den Monteuren das Essengeld mit rauszunehmen, es war vertraglich vereinbart, dass sie pro Tag sechs Euro Verpflegungsgeld bekamen. Außerhalb des Lohnes eine großzügige Geste der Firma. Der alte Chef hatte diese Regelung eingeführt. Die Baustellen eins, zwei und fünf sollte Herr Deutschmann anfahren und das Essengeld auszahlen. Bevor ich losfuhr mit den Listen und dem Geld steckte ich noch kurz den Kopf ins Büro vom Geschäftsführer. Mit großer Mühe musste ich mir ein Lachen verkneifen, denn er kämmte gerade sein Toupé und brachte es mit Haarspray in Form. Seine Haarpracht war ihm sichtlich peinlich, und er wusste nicht wirklich, wie er das überspielen sollte.

Innerlich kostete ich diese Situation aus. Mitleid hatte ich nicht. Meine Schadenfreude war für ihn verletzend, einen Freund hatte ich nicht gewonnen, sein Pech, denn er hatte ja das Bein in der Scheiße.

Ich ließ es genug sein und informierte ihn darüber, dass ich zur Baustelle fahre.

Als ich mich noch kurz in meinem Büro umsah, ich hatte eine Akte vergessen, sah ich, dass die Akten nicht dort lagen, wo ich sie gesehen hatte. Vielleicht ahnte er schon, dass ich ihm auf die Schliche kam. Das Vorkommnis mit den zwei verschwundenen Badewannen von der Baustelle eins, hatte ihm der Polier Pawlik sicherlich schon mitgeteilt.

20

Die Zeit drängte, ich machte mir Dampf, meine Baustellen abzuklappern. Ich wollte nicht nur das Geld an die Leute auszahlen, sondern den Bauzustand überprüfen und die Lieferscheine kontrollieren. Schnell stopfte ich mir ein paar Kekse in den Mund und spülte sie mit einer Cola runter. Die Baustellen lagen nur wenige Autominuten auseinander, ich gab die Ziele in das Navi ein und fuhr los.

Fast zur gleichen Zeit kam Herr Deutschmann aus dem Bürogebäude und ging flotten Schrittes zu seinem 5er BMW. Meine beiden Baustellen waren in Schöneiche und Vogelsdorf. Leider hatte ich keine Ortskenntnisse, kannte sie nur vom Hörensagen. Erstaunt war ich, als mir eine weibliche Stimme nach dreißig Minuten sagte, sie haben ihr Ziel erreicht. Dieses Projekt kannte ich nur aus den Akten, die ganze Gegend stand voller schöner Villen, aber das Haus, war mit Abstand das Schönste.

Die Arbeiter waren gerade dabei Pflasterarbeiten auszuführen. Als ich ausstieg und zur Gartentür ging, kam mir ein langer Schlacks entgegen. Er hatte auffällig lange blonde Haare, zuerst dachte ich, es wäre eine Frau. Als er vor mir stand streckte er mir seine Pranke entgegen, mit dem Kommentar, soso, Sie sind also der Neue.

Sofort war mir der Riese sympathisch. Er war verantwortlich für beide Baustellen. Den Handwerkern merkte man an, dass sie Respekt vor ihm hatten. Er hatte alles im Griff, ein Bauarbeiter war dabei Schuttreste vor die Tür zu karren. Bis auf eine Kleinigkeit schien alles fertig zu sein. Ohne Aufforderung zeigte er mir das ganze Haus. Man könnte neidisch werden auf die Leute, die hier bald einziehen werden. Ich lobte besonders die Qualität und die Ausführungen der Arbeiten und wollte noch einmal die Arbeiten mit dem Plan vergleichen. Alles war in Ordnung, der Abnahme stand nichts im Wege. Als Büro diente der Bauwagen, ich war zufrieden und bat den Riesen, mich zu anderen Baustelle zu begleiten. Fast hätte ich vergessen, den Arbeitern das Geld für die Verpflegung der letzten Woche auszuzahlen.

Zusammen gingen wir zum Auto, nur das Einsteigen war für den langen Kerl umständlich. Er musste sich quer hinsetzen, stöhnte dabei und meinte, besser schlecht gefahren als gut gelaufen. Unterwegs erzählte er mir von Problemen bei Baubeginn. Nach nur fünfzehn Minuten waren wir in Vogelsdorf. Mit Vergnügen trat ich auf das Gaspedal und ließ die Tachonadel tanzen.

Auf dieser Baustelle gab es nicht viel zu sehen. Die Kellerdecke war gerade verschalt worden und vier Bauarbeiter warteten auf den Beton. Ich stellte mich vor und die Bauarbeiter erzählten mir von den anfänglichen Schwierigkeiten mit den Nachbarn. Sie konnten sich nicht an den Lärm und den Dreck gewöhnen, die eine Bautätigkeit so mit sich bringt. Inzwischen hatten sich die Wogen geglättet, die Kollegen hatten sich bemüht die Belästigungen auf ein Minimum zu beschränken. Bei Problemen mit den Anliegern galt das alte Sprichwort: „Mit dem Hut in der Hand, kommt man durchs ganze Land."

Der Polier gab noch ein paar Anweisungen und ich zahlte ihnen das Geld aus. Bevor ich mich verabschiedete, wünschte ich ihnen ein erquickliches Wochenende. Es war Donnerstag und die Arbeit der Woche endete am Freitag um zwölf. Der Polier blieb dort, er wollte dabei sein, wenn die Kellerdecke gegossen wird. Ich düste zurück zur Firma. Kurz vor Feierabend war ich dort und stellte das Auto ab. Die Schlüssel und die Listen brachte ich zur Chefin und teilte ihr mit, dass das Projekt in Schöneiche nächste Woche fertig wird und abgerechnet werden kann; sie schien erleichtert. Die Banken machten zurzeit große Schwierigkeiten bei der Vergabe von Krediten, beim alten Chef war es anders, das Konto war immer im Plus. Sie fragte noch nach der anderen Baustelle und ich berichtete ihr, was für einen positiven Eindruck ich dort bekommen habe. Sie strahlte, denn es war ihr Neffe, der die Baustelle leitete.

Endlich war auch für mich Feierabend, ich ging zum Bus um nach Hause zu fahren. Auf dem Weg kaufte ich mir noch eine DVD mit einem guten Film, damit und dazu eine Schmalzstulle und ein kühles Bier und alles war wieder chiko. Das Ende des Films hatte ich verschlafen. Ich träumte einen furchtbaren Quatsch. Schweißgebadet wachte ich auf, als mir ein Mafiosi einen Dolch in den Bauch stieß. Der Traum war so intensiv, dass ich einige Zeit brauchte um wach zu werden. Ich ging zum Kühlschrank und holte mir ein kühles Bier. Es war noch tiefe Nacht und viel Zeit bis zum Morgen. Beglückt darüber, schlief ich schnell wieder ein, das Bier zeigte seine Wirkung. Als ich aufwachte blinzelte schon die Sonne in mein Fenster. Es war spät, ich hatte verschlafen, ohne Gymnastik und ohne Frühstück raste ich los.

Auf dem Weg zur Firma kam ich an einem Bäcker vorbei, dort würde ich mir frische belegte Brötchen zum Frühstück kaufen. Blind hätte ich die Straße hinunter laufen können, der Duft des Bäckers zog mich magisch an. Zwei niedliche Verkäuferinnen versuchten den Kundenansturm am frühen Morgen zu bewältigen. Zwei belegte Brötchen und ein Stück Kuchen würden fürs erste reichen. Einen Kaffee dazu holte ich mir von der Sekretärin. Dabei erfuhr ich, dass der Geschäftsführer schon zu einer Baustelle gefahren war. Seine Abwesenheit nutzte ich für einen Gang über den Betriebshof um mir alles einmal in Ruhe anzusehen. Die Firma leistete sich sogar einen Hofarbeiter. Trotzdem sah der Hof liederlich aus. Die Fahrzeuge und Maschinen machten jedoch einen gepflegten Eindruck. Nur das Umfeld stimmte nicht. Von den Gebäuden fiel teilweise schon der Putz ab und die Regenrinnen müssten dringend erneuert werden. Als ich zurück in mein Büro wollte fuhr Herr Deutschmann auf den Hof. Er schien es eilig zu haben, sein Gesichtsausdruck verhieß nichts Gutes. Auf meine Frage, ob auf den Baustellen alles in Ordnung ist, antwortete er mürrisch: „Nichts ist in Ordnung." Damit ging er in sein Büro, wütend schmiss er die Tür hinter sich zu. Mensch Meier, hatte der `ne Laune.

Ich selbst führte noch einige Telefonate, rief Herrn Pawlik an, er klang ziemlich zerknirscht, es gab Probleme mit den Rauchmeldern. Die Firma hatte nicht geliefert. Die Elektroanschlüsse sind fast fertig, lediglich die Erdung muss noch gemacht werden. Ich beruhigte ihn, für die Abnahme hatten wir einen Puffer von drei Tagen. Als ich mit dem Gespräch fertig war, sah ich vom Fenster aus, dass der Geschäftsführer in seinen BMW stieg und Feierabend machte. Für mich war noch lange nicht Schluss, heute wollte ich die Kopien und die Lieferscheine mit den Planungen abgleichen, denn ein Betrug müsste ja bewiesen werden. Dabei stellte ich fest, dass der Polier, Pawlik zusammen mit dem Geschäftsführer die Firma um hohe Summen betrog. Jetzt hatte ich Gewissheit und konnte mich auf das Wochenende freuen. Noch einen Anruf bei Alexandra und meine Bitte, dass sie einen Picknickkorb vorbereiten und mitbringen möge.

Bevor ich den Betrieb verließ, holte ich mir von der Sekretärin noch ein paar Unterlagen, für meine Arbeit am Nachmittag, brauchte ich noch einige Protokolle und Abnahmebelege vom letzten Jahr. Ich stopfte alles in meine Tasche und verließ die Firma.

Zuhause machte ich mich gleich an die Arbeit und versuchte zunächst etwas Ordnung in die Papiere zu bekommen. Auf den ersten Blick schien alles in Ordnung zu sein. Plötzlich kam ich auf die Idee, alle Adressen auf den Lieferscheinen zu prüfen. Kaum zu glauben, es waren Adressen von schon fertigen Projekten. Ich hatte keine Ahnung, wohin die Materialien geliefert wurden. Es umfasste das gesamte Sortiment für einen Hausbau, alles vom Feinsten, Ziegelsteine, Holz, Sanitär, Einrichtungen nach dem Motto, nicht kleckern, sondern klotzen, Geld spielte keine Rolle. Bis mir eine Rechnung über Schachtarbeiten in Müggelheim auffiel, jetzt bekam alles seinen Sinn, eine ganz bestimmte Adresse fiel mir auf. Leider hatte ich kein Auto, sonst wäre ich der Sache sofort auf den Grund gegangen. Das Ziel war erreicht, meine Arbeit erledigt. Weitere Nachforschungen müsste ein Staatsanwalt in die Wege leiten. Dem Betrieb war nach einer kurzen Schätzung eine Schaden von ca. mehreren 100.000 € entstanden. Fast alle Belege waren von Deutschmann abgezeichnet, einige von Pawlik.

Kurzerhand entschloss ich mich, die Chefin sofort darüber zu informieren und sie über die Betrügereien zu unterrichten. Am Montag könne sie dann Anzeige erstatten. Sie war derartig bestürzt von diesem Vertrauensmissbrauchs des Geschäftsführers, dass ihr die Worte fehlten. Immerhin war er sechs Jahre lang ihr Geschäftsführer und sein Gehalt war auch nicht schlecht. Wahrscheinlich ging es ihm zu gut und er konnte den Hals nicht voll kriegen.

Nach diesem Gespräch hörte ich im Radio zufällig den Wetterbericht, es passte prima, für den geplanten Ausflug mit Alex an die Ostsee zu fahren.

21

Der Wetterfrosch versprach viel Sonne. Temperaturen bis 25°C, die Regenwahrscheinlichkeit lag unter 10%. Für diesen Ausflug packte ich einige Sachen in meine Sporttasche, vor allem Badehose und Handtücher. Bei dem Wetter wollte ich meinen Luxuskörper unbedingt in die Fluten tauchen. Etwas Restbräune war noch vorhanden. Weiße Männerkörper sind wirklich keine Pracht, auch wollte ich vor Alex etwas angeben. Am Strand hatte sie viel Zeit mich zu betrachten. In Gedanken sah ich uns in der prallen Sonne liegen. Nur noch zehn Stunden bis zum Rendezvous, es war Zeit für die Heia.

Als der Wecker klingelte, war sich sofort hellwach. Mit rubbeln, bürsten und schrubben traktierte ich meinen Körper, dann widmete ich mich besonders sorgfältig meinem Gesicht. Endlich sagte mir der Spiegel, dass ich gut aussähe und so bleiben könnte. Nur zum Friseur schaffte ich es nicht mehr, auch heute mussten Kekse und Kaffee genügen. Mit dem Outfit machte ich nicht viel Wind, Jeans, Shirt und einen leichten Pullover, aber auch ein dicke Jacke wollte ich einpacken. Praktisch sollte es sein. Langsam wurde es Zeit, mich in Bewegung zu setzen, ich wollte nicht zu spät kommen. Alex war eine Fanatikerin von Pünktlichkeit, wenn ich mal trödelte, fragte sie mich, warum ich so eine teure Uhr trage, wenn ich nicht mal drauf sehe. Ich sah mich noch einmal um und marschierte los. Der Wetterfrosch hatte recht mit seiner Prognose, die Sonne lachte und die Temperatur war angenehm. Schade, dass ich nicht singen konnte, vor Freude hätte ich platzen können. Ich hüpfte die Straße hinunter wie ein Vogel auf der Wiese, der sich die Würmer aus der Erde zupfte. Die Leute schauten verwundert und dachten sich ihren Teil.

Mein Mädchen stand schon vor der Garage und winkte mir fröhlich mit den Autoschlüsseln zu. Meine Idee, zur Ostsee zu fahren verriet ich nicht. Als ich sie in meine Arme nahm, blieb mir fast die Luft weg. Allein die Berührung brachte mich auf dumme Gedanken, sie trug keinen BH, das wäre auch die reinste Verschwendung von Stoff gewesen. Und als sie sich aus meiner Umklammerung löste, fauchte sie mich an: „Du zerdrückst mir noch meine Bluse." Jetzt erst sah ich, wie toll sie gekleidet war, flache Treter, enge Jeans, und die besagte Bluse, die beängstigend eng saß. Nie werde ich verstehen, warum ein gut geformter Busen beim männlichen Geschlecht die Hormone durcheinander bringt. Eine männliche Brust mit fünf Haaren ist doch nicht weniger attraktiv.

Wir stiegen ins Auto und sie flüsterte mir zu, dass es nicht ihre Absicht gewesen sei, mich zu irritieren. Die Weiblichkeit zu entschlüsseln wird uns Männern wohl nie gelingen. Ständig gaben sie uns Rätsel auf. Alex verstaute den Picknickkorb im Kofferraum und wir starteten.

Ich wählte die geplante Route bis Wittstock an der Dosse, denn dort wollte ich abbiegen, in Richtung Ribnitz-Dammgarten, um die herrliche Landschaft zu genießen. Erst hier klärte ich Alex auf, sie saß die ganze Zeit mit staunenden Augen und wartete; sie war wirklich überrascht als ich ihr sagte, dass wir zur Ostsee auf den Darß fahren. Um die Mittagszeit wollten wir am Ziel sein und hofften auf ein Zimmer. Auch wenn wir die richtige Abfahrt verpasst hatten, lockte kurz nach Dändorf ein Golfhotel zur Einkehr. Es war nicht viel Betrieb, sicher waren alle beim Bälle schlagen. Ein derart elegantes Ambiente hatte ich bin dieser Gegend nicht erwartet. Ein noch junger Kellner brachte uns zu einem Tisch und rückte uns die Stühle zurecht. Er brachte uns sofort die Speisekarte und wir bestellten uns eine Weiße mit Schuss. Die Speisekarte las sich wie ein Roman. Am liebsten hätten wir vorne angefangen und hinten aufgehört, alles schien schmackhaft, aber unsere Bäuche ließen das nicht zu. Um diese Jahreszeit und in dieser Gegend aß man Fisch in allen Variationen, es gab aber auch Spargelgerichte auf der Tageskarte. Also bestellten wir uns Spargel und ein zartes Filet. Schon nach einer Viertelstunde stand die Köstlichkeit vor uns auf dem Tisch. Es schmeckte so gut wie es aussah. Wir ließen uns Zeit und genossen das tolle Essen. Alles war dezent und sehr gastfreundlich. Nachdem ich bezahlt hatte stiegen wir ins Auto und fuhren weiter nach Wustrow. In der Ortsmitte bogen wir in die Strandstraße ein, dort würden wir sicher ein Zimmer bekommen. Auf einem großen Parkplatz, stellten wir das Auto ab und gingen die wenigen Schritte bis zur Seebrücke zu Fuß. Auf der linken und rechten Seite waren zwei tolle Restaurants mit Zimmervermietung. Unsere Nachfrage wurde leider negativ beschieden, es waren dort keine Zimmer frei. Man riet uns im Ort bei der Apotheke nachzufragen, der Gedanke gefiel mir, aber zunächst wollten wir an die See. Auf der Einfahrt nach Wustrow hatte ich ein Hotelschiff gesehen, direkt am Bodden, ich kam auf die Idee, es dort zu versuchen.

Kurz entschlossen fuhren wir dort hin. Herrlich, diese Anlage, über eine Gangway gelangten wir zu der kleinen Rezeption des Schiffes. Leider war auch dort alles besetzt. Alex hatte Salzwasser geleckt, sie wollte unbedingt dort bleiben und sagte, dann schlafen wir einfach im Auto. Wir haben ja Decken dabei. Wir stellten das Auto ab, nahmen den Picknickkorb und die Decken und liefen zum Strand. Für mich war erstaunlich, alle Zimmer besetzt und am Strand reichlich Platz. Wir suchten uns eine schöne Stelle und breiteten die Decken aus. Kaum fertig damit, streifte sich mein Mädchen, Jeans und Bluse ab. Als sie meinen Blick sah, sagte sie, sie möchte braun werden. In dem Alter war es wohl normal, dass hier die Hormone Polka tanzten. Der Platz für Zärtlichkeit war mehr als ungeeignet. Ich dachte ich höre nicht richtig, als Alex sagte, wir könnten doch in die Dünen gehen. Doch ich hatte eine andere Idee, die für uns totale Folgen haben sollte.

Etwas abgelegen stand ein kleines Häuschen unterhalb der Düne. In der Badesaison diente es den Rettungsschwimmern als Aufenthaltsraum und Unterschlupf bei schlechtem Wetter. Dorthin könnten wir uns verkrümeln und vielleicht sogar übernachten. Den Gedanken fand sie toll. Wir nahmen unser gesamtes Zeug und wanderten zur Hütte. Es war leicht für mich die Tür aufzubrechen. Kein Mensch war in der Nähe und hat den Krach gehört. Die Fenster waren von innen mit Holzplatten zugeschraubt. Außerhalb der Saison machte man das so, um die Hütte vor Einbrechern zu schützen. Sehen konnte ich so gut wie nichts, durch die Tür drang nur wenig Licht in den Raum. Ein bestialischer Gestank kam uns entgegen. Mit Mühe brach ich mit einem Spaten eine Holzplatte aus ihrer Verankerung. Uns beiden blieb fast das Herz stehen.

Auf einer Campingliege lag ein Toter, er musste dort schon längere Zeit gelegen haben, es war nicht mehr erkennbar, ob es sich um eine Frau oder einen Mann handelte.

Wir hatten genug gesehen und gingen schnell wieder an die frische Luft. Uns beiden war schlagartig klar, unser Wochenendausflug war zu Ende. Über Handy riefen wir die Polizei und schilderten in kurzen Worten das Erlebte.

Eine Weile war es still in der Leitung, zu hören war nur ein undeutliches Gemurmel, als wenn sich jemand unterhielt. Dann meldete sich ein kräftige Stimme und sagte in einem Ton, der keinen Widerspruch zuließ: „Sie bleiben vor Ort bis wir da sind. Eine halbe Stunde müssen Sie schon Geduld haben."

Wir setzten uns etwas abseits auf eine Decke und warteten. Nach einer ganzen Weile sahen wir, wie sich über die Düne vier schwarze Gestalten mit Pistolen im Anschlag uns näherten. Da unser Gewissen rein war, bis auf den kleinen Einbruch in das Rettungshäuschen, beobachteten wir leicht amüsiert das Treiben. So viel Aufwand für eine Leiche, das war wieder einmal typisch für die Bullen. Als sie die kleine Hütte umstellten, rief ich ihnen zu: „Der ist schon tot."

Nun endlich kam einer der Polizisten zu uns und ich klärte ihn auf, dass ich der Übeltäter war, der in die Hütte eingebrochen war und die Polizei gerufen hat.

Sie wurden freundlich und während wir uns unterhielten, untersuchten die anderen Drei die kleine Rettungsstation. Lange hat es nicht gedauert, dann kamen sie zu uns. Zuvor hatten sie die Tür und das Fenster notdürftig verschlossen. Nägel und Werkzeug befanden sich in der Hütte. Nachdem sie uns befragt hatten, warum, weshalb und wieso, erklärte ich ihnen unsere Notlage, dass wir kein Zimmer im Ort zu bekommen war. Sie schienen Verständnis für uns zu haben. Neugierig wie ich war, fragte ich, ob sie schon wüssten, wer der Tote sei.

Eigentlich dürften sie keine Auskunft geben. Doch nach meinem Einwand, wir hätten ja auch einfach verschwinden können, lenkten sie ein. Na, ja, der ist ja nun tot, sagte der eine Polizist, offenbar der Vorgesetzte. Zur Todesursache konnten sie nichts sagen, aber, an den zwei fehlenden Fingern seiner rechten Hand, haben sie erkannt, dass es sich um die Leiche eines schon lange gesuchten Waffenschiebers handelt musste. Gott sei Dank machten sie keinen weiteren

Aufriss. Sie notierten sich unsere Namen und Adressen und wir durften gehen. Natürlich hatten wir die Nase gestrichen voll. Wir beide wollten nur noch nach Hause. Bis zum Auto hatten wir es nicht weit, nach 20 Minuten war das wenige Gepäck im Kofferraum verstaut und wir düsten ab in Richtung Heimat. Drei Stunden fuhren wir fast stumm bis zur Ausfahrt Erkner. Ich setzte Alex vor ihrer Wohnung ab und fuhr dann zu mir. Beim betreten der Wohnung strahlte mich die Couch und der Fernseher freundlich an. Nur die Tapete grinste hässlich. Bei Gelegenheit würde ich sie überkleben. Schnell zog ich mir meinen Jogginganzug an und machte es mir vor dem Fernseher gemütlich. Es machte Krach und Wumm und jemand flog vom Dach, der Sinn blieb mir verschlossen, aber ich war abgelenkt. Die Nacht war tief und traumlos. Den Sonntag verbrachte ich damit, meine Wohnung auf Vordermann zu bringen und ein paar Hemden zu bügeln.

22

Als ich am nächsten Tag zur Firma kam, war auf dem Hof schon Zank und Streit zu hören. Vor den Geräteschuppen standen Arbeiter und diskutierten und schienen sehr aufgebracht zu sein. Ich stellte das Auto ab und schob mich zu der aufgebrachten Meute, die untereinander stritten, die Situation schien zu eskalieren. Zwei wollten sich an die Wäsche gehen, doch ich war der Boss hier, nach meiner Melodie sollte getanzt werden. Zuerst wollte keiner mit der Sprache raus, ich war immer noch der Neue und nur einem teil der Arbeiter bekannt. Mit großer Mühe brachte ich Ruhe und Ordnung in die Truppe. Nach einigen Minuten erfuhr ich den Grund für die Streitigkeiten. Keiner der Arbeiter wollte unter der Regie von Pawlik arbeiten, er hatte seine Freunde, mit denen er unter einer Decke steckte, es war ein mieser Vogel, der es verstand sich bei der Chefin einzuschleimen. Mir lag daran, dass der Arbeitsfrieden erhalten blieb. Das Bauvorhaben Nummer eins stand vor der Abnahme und durfte nicht verschoben werden. Ich versprach das Problem zu lösen und es sollten nur die Arbeiter bei ihm arbeiten, die keine Probleme mit ihm hätten. Etwas anderes konnte ich nicht unternehmen, er hatte einen festen Arbeitsvertrag, der nicht so schnell zu kündigen war. Alles war geregelt und die Handwerker verließen das Firmengelände. Mittlerweile war es kurz nach neun und die Chefin wartete sicher schon auf mein Erscheinen. Ich rief sie an und entschuldigte mich für die Verspätung. Scheinbar hatte sie mitbekommen, was auf dem Hof passiert war. Schnell ging ich in mein Büro, biss nur kurz von der Stulle ab, trank einen Kaffee dazu, das müsste vorerst einmal reichen. Mit den Unterlagen machte ich mich auf den Weg zur Chefin.

Ziemlich ungläubig lauschte sie meinen Informationen, sie wollte es einfach nicht glauben, dass ein langjähriger Mitarbeiter, zu solchem Betrug fähig war. Immer wieder fragte sie, ob ich mich auch wirklich nicht irre und alles stimme. Ich sollte bedenken, dass ich noch neu in der Firma war und den Betrieb noch nicht vollständig kennen konnte. Erst als ich ihr die Unterlagen zeigte, begann sie zu zweifeln, gemeinsam verglichen wir die Bestellungen, Lieferschein, Rechnungen, Warenein- und -ausgänge. Baumaterialien vom Feinsten. Die absolute Spitze war ein Wirlpool für einen Subunternehmer. Ein bisschen dämlich war das schon von Herrn Deutschmann, dass er alles auf bereits abgeschlossene Bauvorhaben bestellte und abrechnete. Die Naivität, zu glauben, dass dies Keinem auffiel war ungeheuerlich, es ging wirkliche in die Hunderttausende. Wo blieben die Unmengen von Baumaterial.

Spontan griff sie nach dem Telefon und forderte den Geschäftsführer auf, sofort zu ihr zu kommen. Es war ihre Entscheidung den Betrüger gleich zur Rede zu stellen. Nur wenig später betrat Herr Deutschmann das Büro und ich war erstaunt, wie energisch diese kleine Person werden konnte. Ihre Auffassungsgabe und die logische Schlussfolgerung waren verblüffend. Der Beweisführung konnte er nichts entgegensetzen. Sie fordert ihn auf, den finanziellen Schaden zu ersetzen. Es hatte den Anschein, dass er das überlegte und sich darauf einlässt. Als sie ihm die Summe nannte, um die es hier ging, verlor er sich in Gestammel, sein Selbstbewusstsein war im Eimer. Sie pokerte und vermutete einen viel höheren Schaden, das richtige Ausmaß würde sich erst nach einer Prüfung herausstellen. Außerdem drohte sie ihm mit einer Anzeige und Entlassung. Mit Wut im Blick musterte er mich, bevor er auf einem Stuhl zusammen sackte. Energisch wurde er von seiner Chefin aufgefordert ihr Büro zu verlassen. Mit hängenden Schultern ging der, vor einer Stunde noch stolze Mann, in sein Büro und fuhr kurze Zeit später vom Hof. Mit der Chefin besprach ich den Ablauf der nächsten Tage und teilte ihr sachlich mit, dass ich noch einmal zur Baustelle eins fahren muss, um die morgige Abnahme vorzubereiten. Von meinem Büro informierte ich den Polier Pawlik darüber, dass ich bald kommen würde. Er versicherte mir, dass sämtliche Restarbeiten erledigt waren. Einige Telefonate hielten mich noch auf, bevor ich losfahren konnte.

Als ich dort ankam, wurde die Baustelle schon ordentlich beräumt und alles in Schuttcontainer verladen. Alles war vorbereitet für die Abnahme, auch die Alarmanlage, die zusätzlich ins Projekt aufgenommen wurde heulte los, nachdem der Polier sie angestellt hatte. Meine Arbeit war beendet und ich fuhr zum Betrieb zurück. Große Lust kurz vor Feierabend noch ins Schwitzen zu kommen hatte ich nicht. Ich nahm mir die Abnahmeprotokolle und ließ sie von der Chefin unterschreiben und teilte ihr mit, dass ich morgenfrüh gleich auf die Baustelle zur Abnahme fahre. Dafür konnte ich etwas länger schlafen. Vielleicht würde ich den Abend mit meiner Freundin verbringen. Ein kurzer Anruf, vielleicht hatte sie Lust mit mir zum Italiener zu fahren. Sie stimmte sofort zu. Am Montagabend war dort nicht viel los und schon zwanzig Minuten später hatten wir die bestellte Pizza an unserem Tisch. Wir aßen, tranken und quatschten uns alles von der Seele, die Zeit verging wie im Fluge, kurz vor Elf brachte ich sie nach Hause. Am nächsten Tag hatte sie Frühschicht und musste zeitig aufstehen. Nur kurze Zeit später war auch ich zuhause. Lange war mir nicht aufgefallen wie ungepflegt das Treppenhaus war. Bei der nächsten Mietzahlung würde ich dem Vermieter meine Meinung geigen. Das war ein übler Zeitgenosse, der alte Häuser aufkaufte, etwas Geld investierte und dann die Wohnungen teuer vermietete. Es blieb ja keine große Wahl, die Wohnungen waren besonders in den Randgebieten sehr begehrt.

23

Am nächsten Morgen ließ ich mir Zeit, las meine geliebte Zeitung und kleidete mich heute sorgfältiger als sonst an. Langsam machte ich mich auf den Weg, leider hatte sich ein Lieferwagen vor meine Ausfahrt gestellt, nach kurzem Meckern machte er Platz, ich konnte ausparken und los fahren. Als ich in die Straße, wo unsere Baustelle lag, einbog, war alles verstopft, von Weitem sah ich ein Auto und ein Notarztwagen. Auch ein Polizeiwagen kam mit Sirene angebraust.

Man wollte mich nicht durchlassen, erst als ich mich auswies, durfte ich durch die Absperrung marschieren. Auf dem Bürgersteig standen unsere Leute und diskutierten heftig durcheinander. Als ich näher kam, erfuhr ich, dass der Polier tot im Keller liegt. Die Polizei vermutet Mord, und hatte einen Posten am Kellereingang aufgestellt. Ich wollte einen Beamten fragen um Näheres zu erfahren. In dem Moment kam ein weiteres Polizeiauto angebraust, die Fahrertür flog auf und ein Mann, wie ein Adonis, stieg aus und zeigte mit ausgestrecktem Arm auf das Haus. Auf dem Weg dorthin trat er mir auf die Schuhspitze.

Er stotterte eine Entschuldigung und stellte sich als Kommissar Schulze vor. Ein Provinzheini, der auf mich einen unterbelichteten Eindruck machte. Meinen Hinweis, er habe soeben den Bauleiter des Objektes getreten, verstand er nicht. Ich sollte ihn zum Haus und dann in den Keller begleiten. Den Posten herrschte er an: „Wo liegt die tote Leiche?" Der zeigte mit dem Daumen nach unten in den Keller. Zu mir gewandt sagte Kommissar Schulze: „Dann wollen wir uns einmal den Tatort ansehen." Dem Posten gab er den Auftrag, das Gelände abzusperren und den Strom abzuschalten. In der Rage entfernte er die Hauptsicherung, bei dem Stromausfall wurde Alarm ausgelöst. Die Folge war, der Kommissar rief, Gefahr, Gefahr retten sie sich. Natürlich rannte alles was Beine hatte auf die Straße. Wenn die Lage nicht so ernst gewesen wäre, hätte man lachen können.

In der Zwischenzeit traf auch der Bauherr ein. Er fuhr mit seinem Mercedes gleich auf das Grundstück. Es war ein lustiger Anblick, erst ein dicker runder Mann, gefolgt von einer hübschen Blonden und vier Kinder, im Alter von fünf bis zehn. Als sie an mir vorbei liefen konnte ich mir ein Grinsen nicht verkneifen. Ich stellte mich als Vertreter der Firma vor, er war völlig ahnungslos und wusste noch nichts vom Toten im Keller. Vorsichtig klärte ich ihn auf und überlegte mir, wie ich die Abnahme trotz alledem organisieren könnte. Ungewollt kamen mir die Kinder zu Hilfe, sie quängelten und wollten ihre Zimmer und auch den Pool sehen. Zum Glück zeigte der Kommissar Verständnis und hatte ein Herz für die Kinder. Er gestattete mir und dem Hausherrn alles bis auf den Keller zu besichtigen. Die Kinderbande rannte los, als seien sie vom Affen gebissen, sie wollten den Pool sehen, am liebsten wären sie gleich rein gesprungen. Nur die Wassertemperatur hielt sie zurück. Der Hausherr und Blondie besichtigten mit mir die Räume. Als sie das Bad sahen, strahlten sie ein wenig. Richtig Cool und super fand sie die Küche. Großkotzig bat der Hausherr um die Protokolle und sagte, die unterschreibe ich sofort, damit wir schnellstens einziehen können. Dabei zwinkerte er seiner Frau zu und kniff ihr liebevoll in den Po. Ich tat so, als sähe ich nichts. Wir gingen noch zum Kommissar, um in Erfahrung zu bringen, wann das Haus freigegeben wird. Leider konnte er diese Frage nicht genau beantworten. In dem Moment klingelte sein Handy und mit einer entschuldigenden Geste hangelte er das Gerät aus seiner Hosentasche. Nach den ersten Worten nahm er Haltung an, und sagte, ja wohl, habe alles verstanden. Er steckte das Handy wieder ein und erklärte uns, dass die Mordkommission des K1 die Ermittlung übernehme. Kommissar Stach leitete die Untersuchung ab sofort.

Meine Arbeit war beendet und ich beschloss zurück zur Firma zu fahren. Das Bauvorhaben war übergeben und abgenommen, ich konnte es abhaken. Um den Mord kümmerte sich Kommissar Stach. Der Bauherr würde ihm schon auf die Pelle rücken, damit das Haus freigegeben wird. Wir tauschten noch unsere Handynummern aus und ich verabschiedete mich.

In der Firma angekommen ging ich gleich zur Chefin und brachte ihr die Abnahmeprotokolle. Vom Mord hatte sie schon gehört. Es ging ihr am Arsch vorbei, der Polier war in letzter Zeit immer wieder auffällig geworden. Das war erledigt und ich wandte mich schon zum Gehen, als sie mir hinterher rief, dass in meinem Büro jemand auf mich warte. Als ich mein Büro betrat saß auf meinem Sessel eine männliche Person. Er qualmte eine Zigarre und war umhüllt von einer mächtigen Wolke, um den Kopf trug er ein Stirnband, wie es Sportler tragen. Es war Kommissar Stach. Ich forderte ihn auf, meinen Platz zu räumen und sich auf einen Stuhl vor meinen Schreibtisch zu setzen. Er klappte seine Häkelhaken auseinander und schraubte sich in die Höhe. Mein Gott, dachte ich, nimmt das gar kein Ende? So einen langen Lulatsch hatte ich noch nicht gesehen. Als er wieder saß, wusste er nicht wohin mit seinen langen Beinen. Nachdem ich gelüftet hatte sah ich, dass das Stirnband, das er trug, ein Verband war, außerdem schielte er etwas. Ziemlich misslaunig begann er mich auszufragen. Er wollte weiter nichts als ein paar Personaldaten des Ermordeten wissen. Beruf, Tätigkeit und die Privatadresse. Die Anschrift des Tatortes war ihm bekannt. Recht mürrisch verabschiedete er sich, beim Herausgehen stieß er sich seine Birne oben am Türrahmen. Ich war mir sicher, den sehe ich noch öfters. Bestimmt fuhr er jetzt zum Tatort, dort wartete eine Menge Arbeit auf ihn.

Meine Phantasie reichte nicht aus, wer den Mord begangen haben könnte. Ein kratzen an der Tür riss mich aus meinen Gedanken. Es war der Kerry-Blue-Terrier der Chefin. Inzwischen hatten der Hund und ich sich etwas angefreundet und mit viel Geduld gelang es mir ihn zu seinem Alphatier zu bringen. Der kleine Kerl drehte fast durch als er sein Frauchen wieder hatte. Sie bat mich Platz zu nehmen und umriss mit kurzen Worten wie sie mit Herrn Deutschmann umzugehen gedenke. Sie drohte ihm mit einer Anzeige, wenn er den Schaden nicht ersetzt, er könne sich gut ausrechnen, wo er die nächsten Tage verbringen würde. Nebenbei erwähnte sie, dass das Duschen im Knast auch nicht angenehm wäre. Zunächst sollte er sein Privatkonto leeren, etwa 120.000 €, die er beim Betrug kassiert hatte. Um einen Entlassung kam er nicht herum. Das Ganze hatte sie schriftlich fixiert, vom Polier war nichts mehr zu erwarten, also hielt sie sich an ihn.

Listig sagte sie zum Schluss, wenigstens bekomme ich einen Teil des Geldes zurück. Wenn ich ihn anzeige und das Verfahren läuft ist nichts mehr zu holen. Den Betrieb sollte ich, zusammen mit ihr, kommissarisch leiten. Damit war das Gespräch beendet und ich verließ das Büro.

Die nächsten Tage waren mit viel Arbeit ausgefüllt. Über den Mord wurde wenig gesprochen, die Chefin ließ das Büro des ehemaligen Geschäftsführers renovieren und zog dann mit ihrem Mobiliar dort ein. Unsere Büros lagen jetzt Tür an Tür, das konnte ja heiter werden, dachte ich noch. Und es wurde heiter, als ich zu einer Baustelle wollte, kam mir Kommissar Stach über den Hof entgegen. In seiner Begleitung ein Bulle in Uniform. Ich war erstaunt was der lange Kerl für gute Umgangsformen hatte. Er klopfte an meine Tür und ohne auf mein Herein zu warten, trat er ein, nahm sich einen Stuhl und setze sich unaufgefordert vor meinen Schreibtisch. Bevor er zu reden anfing verging Zeit, vielleicht versuchte er Colombo zu imitieren. Seine Stimme war tief wie von Louis Armstrong, er sah mich prüfend an, er kam mit den Ermittlungen nicht weiter und hoffte auf meine Hilfe. Dabei gestand er, dass das Ergebnis mehr als mager ist. Der Leichnam wurde in der Gerichtsmedizin obduziert, die Todesursache war der Stromschlag, außerdem hatte der Ermordete ein schwaches Herz. Ein gesunder Mensch hätte das überlebt. Mit seinen sonstigen Untersuchungen hielt er nicht hinterm Berg, das musste er ja auch, denn er wollte ja etwas von mir. Im Kellergang hatte die Kommission eine kleine klebrige Legofigur gefunden, die genommenen Fingerabdrücke führten zu keinem Resultat. Sie waren nicht zu identifizieren, sie waren klein wie Frauen- oder Kinderhände. Der Stromschlag wurde ausgelöst von einem Draht, der von einem Lichtschalter zur Türklinke führte. Sicher war, dass beim Einschalten des Lichtes, die Phase die Türklinke unter Strom gesetzt hat. Der Polier hätte das sehen und erkennen müssen.

Das war alles, wer war aber der Mörder?

Dahinter stand ein großes Fragezeichen. Kommissar Stach fragte mich, ob ich aus dem Kreis der Arbeiter jemanden verdächtigen würde. Er hatte von den Krawallen der Bauarbeiter vom Vortag gehört. Außerdem hatte er ermittelt, dass der tote Polier mit dem Geschäftsführer unter einer Decke steckte. Eine Anzeige gegen ihn lag nicht vor, es konnte nicht mehr gegen ihn ermittelt werden.

Auch die Frage nach einem Verdächtigen musste ich verneinen, dazu war ich zu kurz für die Firma tätig. Der Kommissar verlor daraufhin die Beherrschung und schlug mit der Faust auf den Tisch und mit seiner rauen Stimme raunzte er laut: „Einer muss es ja gewesen sein."

Danach beruhigte er sich und bat mich, mit mir zum Tatort zu fahren. Ich informierte die Chefin darüber und schon düsten wir mit dem Polizeiauto in Richtung Elisabethstraße. Unterwegs stach mich der Hafer.

Ich bat den Kommissar Blaulicht und Sirene einzuschalten, es war ein Kindheitstraum von mir, einmal mit tatütata und Blaulicht über die Straßen zu sausen. Ganz kurz erfüllte er mir meinen Wunsch und grinste dabei.

Das Haus schien schon bewohnt, nur die Kellerräume waren noch versiegelt. Der Hausherr kam uns entgegen und wir sagten ihm, dass wir in den Keller müssten. Der Draht vom Lichtschalter zur Türklinke lag noch am Boden. Spezialisten hatten aber den Stromkreis unterbrochen.

Hauptkommissar Stach bat mich, mit ihm gemeinsam den Vorgang zu rekonstruieren. Als wir mit dem Spielchen beginnen wollten hörten wir ein Riesengeschrei von draußen. Der Schreck fuhr uns in die Glieder und wir rannten nach oben.

Auf dem Nachbargrundstück spielten acht- bis zehnjährige Jungen Cowboy und Indianer. Sie waren dabei einen Cowboy am Marterpfahl, den Skalp abzunehmen. Plötzlich drehte sich der Hauptkommissar herum zu mir und zeigte auf den Marterpfahl. Er tippte sich an die Stirn und fragte mich: „Sehen Sie das auch?" Ich verstand zuerst nichts, doch dann dämmerte es bei mir. Der Junge an dem Baum war mit demselben Draht gefesselt, wie das im Keller gefundene Stück.

Es war listig und klug vom Kommissar, an den Zaun zu gehen und hinüber zu rufen, ob einer der Jungen eine Legofigur verloren hat. Ein Steppke mit rotem Wuschelhaar meldete sich. Der Kommissar erklärte ihm, dass er sie in Kürze wieder bekommt. Auf seine Frage, warum sie im Keller waren, antwortete er, dass sie dort, wenn die Bauleute fort waren Verstecken gespielt haben. So, so, na dann ist alles klar, sagte er zu mir. Der Fall ist für mich abgeschlossen, ich habe keine Veranlassung den Kindern die Zukunft zu verbauen.

Danach ging er in den Keller zurück und holte das Stück Telefondraht und steckte es in seine Hosentasche. Wir unterhielten uns noch eine Weile über den unerwarteten Ausgang des Verbrechens. Keiner wäre auf die Idee gekommen, dass nur ein dummer Jungenstreich zu dem Unfall führte. In diesem Alter konnten sie noch nicht einschätzen, welche Folgen ein Stromschlag haben konnte. Es wurde langsam Zeit für mich zur Firma zurückzufahren. Für Außenstehende war es bestimmt lustig zu sehen, wie ich mit meinen 1,80 m neben dem dünnen Riesen zum Auto ging. Im Auto schlug er vor, noch irgendwo einzukehren, er wollte sich für meine Hilfe bedanken und erkenntlich zeigen. Als wir durch Schöneiche fuhren machte er Halt vor einem Gartenlokal, wir stiegen aus und gingen rein. Er bestellte uns eine Kleinigkeit und wir kamen ins Plaudern. Hauptkommissar Stach erzählte, dass er vor einiger Zeit einen Fall zu bearbeiten hatte, bei dem die Todesursache auch nicht klar war. Natürlich war ich neugierig geworden. Er schlug vor, dass ich ihn mit meiner Frau besuchen sollte und sagte: „Wenn sie keine Frau haben, bringen Sie ihr Betthäschen mit."

Ich stimmte ihm zu und er versprach mich anzurufen. Er wollte zunächst mit seiner Frau sprechen. Verstohlen sah ich auf meine Uhr, es war Zeit aufzubrechen. Den Feierabend wollte ich nicht verpassen. Der Kommissar kramte aus seiner Brieftasche ein paar Scheine und bezahlte. Er fuhr mich zur Firma zurück. Als ich das Gebäude betrat schloss die Chefin gerade ihre Tür. Auch ich hatte keine Lust noch etwas Neues zu beginnen, schloss die Akten in den Schrank, erledigte noch einen Anruf und machte mich auf den Weg ins Wochenende.

Eine arbeitsreiche Woche lag hinter mir, ich kam auf die Idee, meine Freunde mit Anhang zum Wochenende einzuladen. Ich rief meine Spezies und Alex an. Sie sagte sofort zu und ich versprach sie vorher noch einmal anzurufen. Ich war schon gespannt auf die anderen Weibsen, Gerd liebte Bohnenstangen. Günter hatte eine Schwäche für Hasen mit üppigem Busen und Wolfgang war mehr für das Elegante. Am Samstag um Zehn wollten wir uns auf dem Parkplatz am Bahnhof treffen. Eine Nacht lag noch vor mir, dann würden wir vier einen drauf machen. Aufgewacht bin ich als die Sonne durch ein Loch in meiner Gardine blinzelte. Mein Wecker versagte kläglich, er zeigte Mitternacht an, er hatte seinen Geist aufgegeben. Ein Blick auf meine wahnsinnig teure Uhr sagte mir, dass es schon kurz nach acht war. Mensch Meier, ich hatte verschlafen. Tempo war angesagt, schnell ins Bad, marsch, marsch, bloß nicht über den Bettvorleger fallen. Gymnastik fiel aus, im Laufe des Tages kam noch reichlich Bewegung auf mich zu.

Im Radio spielte gerade ein Lied aus der Oper Carmen: „Auf in den Kampf...", dieser Aufforderung folgte ich und stürzte auf die Straße zum nächsten Blumenladen.

Ich wollte meine Angebetete mit einem Strauß Rosen über Fleurop überraschen. Auf dem Weg zurück ging ich in eine Bäckerei, denn ich hatte nichts mehr zuhause, was ich kauen konnte. Mit den Worten: „Das ist ein Notfall", drängelte ich mich vor. Die Verkäuferin strahlte mich an und sie beeilte sich, ein paar Schrippen, ein Brot und einen halben Käsekuchen einzupacken. Durch meine Rennerei hatte ich zwanzig Minuten gewonnen. Es blieb mir Zeit ein Stück Kuchen in den Mund zu stopfen. Frische Backwaren gingen mir über alles, da kamen keine Kekse mit. Ich war kein kleines, sondern ein großes Schleckermäulchen. Sorge hatte ich lediglich einen Schwabbelbauch davon zu bekommen. Meinem Gewissen versprach ich beim Bowlen die Kugel besonders kraftvoll zu stoßen. Und beim anschließenden Tennis die gelbe Filzkugel dem Gegner um die Ohren zu schlagen. Die angefressenen Kalorien würden dann schon wieder verschwinden. Ein Blick auf die Uhr, es wurde Zeit, dass ich mich auf die Socken machte. Als die Tür ins Schloss fiel ließ ich die ganze Hektik der letzten Woche im hässlichen Treppenhaus zurück. Eine viertel Stunde später begrüßten wir uns mit einem fröhlichen Hallo. Gerd und Günter wollten mit ihren Autos fahren. Ein Toyota war ihnen zu poplig. Wir berieten noch kurz wie wir fahren wollten, da platzte Wolfgang mit der Idee heraus, im Müggelsee noch baden zu gehen. Ich grinste innerlich, denn die Wassertemperatur lag bei 15°C. Ich lud meine Sporttasche in Günters Auto um und schon fuhren wir los. Auf der Straße war wenig Verkehr. Kurze Zeit später erreichten wir den kleinen Parkplatz am Müggelsee. Prima, es wurde gebaut, kein Platz für zwei Autos. Inzwischen hatte sich hinter uns eine riesige Autoschlange gebildet. Die Idioten glaubten wohl, wenn sie hupten, dann ginge es schneller. Wir änderten die Planung und fuhren zum großen Strandbad am Müggelsee, Wolfgang hatte sich in den Kopf gesetzt anzubaden. Allerdings setzte er voraus, dass auch wir ins Wasser gingen. Ich gab zu bedenken, dass ich keine Badehose dabei hätte. Wolfgang entschied für uns alle, dass wir nackt baden würden, so wie wir auf die Welt gekommen waren.

Im Gänsemarsch gingen wir ins Strandbad, Wolfgang vorne weg. Er hatte es besonders eilig. Eintritt war frei, eine großzügige Geste des Stadtbezirks. Wir suchten uns einen geschützten Platz, trotz unserer schönen Körper waren wir etwas genierlich. Als wir ausgezogen waren sprinteten wir auf Kommando los ins Wasser, unsere Blöße sollte unentdeckt bleiben. Was wir nicht bedachten, wir mussten sehr weit laufen um uns wirklich zu bedecken. Trotz Sonnenschein bibberten wir um die Wette. Leicht bekleidet rannten wir hin und her. Gerd schimpfte plötzlich laut: „Fak, Scheiße", er war in einen frischen Hundehaufen getreten.

Was für ein Spektakel, wir wieherten wie übermütige Ponys und sparten nicht mit Ironie und Spott. Was für ein Glück, auf solch einer großen Wiese genau in diesen Haufen zu treten. Gerd war betroffen und fing an zu meckern, ging zur Freilanddusche und wusch sich die Füße. Der Fehltritt war schnell vergessen. Kurz danach brachen wir auf zum Sportzentrum. Dort Parkplätze ohne Ende, auch die Bahnen nicht überfüllt. An der Rezeption buchten wir zwei Stunden auf der Bowlingbahn und zwei Stunden Tennis. Die Gaststätte bot als Tagesgericht Eisbein, Sauerkraut, wir waren uns einig, wir brauchten vor dem Sport eine Stärkung. Der Koch verstand sein Fach, die Küche hatte nicht viel Mühe mit dem Abwasch, denn die Teller sahen aus wie abgeleckt.

Zur Bowlingbahn ging es über eine Treppe in den Keller, der davor liegende Raum wurde von einer Künstlerin genutzt ihre Bilder auszustellen. Wir zogen uns um, wechselten die Schuhe und schlossen unsere Sache in der Garderobe ein. Gut gelaunt erreichten wir die Bahnen und betrachteten im Vorbeigehen die Ölgemälde. Etwas versteckt in einer Ecke hing ein weiblicher Akt. Wir standen davor wie kleine Jungs, die noch nie eine nackte Frau gesehen hatten. Es war toll gelungen, die Malerin hatte etwas übertrieben den Busen dargestellt. Natürlich waren wir alle unterschiedlichen Meinungen. Wolfgang unser Medizinmann sagte, bei solch einer Frau würde er gern mal das Herz abhören. Du Lustgreis, sagte ich, ich werde das Bild kaufen und als Preis für den Sieger stiften. Moneten hatte ich ja, und da der Herrenabend sowieso auf meine Rechnung ging, konnten mich die 370€ auch nicht schocken. Euphorisch drückten mich meine Freunde, dass mir die Rippen knackten. Wir wollten nun keine Zeit mehr verlieren und gingen zur Bahn vier, die hatte man uns zugewiesen. Wir machten zunächst einen Probestoß. Ich brachte nur eine Ratte zustande und wurde verdonnert uns ein großes alkoholfreies Bier zu holen. Auf dem Weg zur Bar machte ich auch gleich den Kauf des Bildes klar.

Die Maus an der Theke versprach das Bild als Geschenk mit Schleife zu verpacken. Mit viel Geschick balancierte ich die Gläser an unseren Tisch. Jeder nahm ein Glas und wir prosteten uns zu. Günter überwachte den Spielstand, wir bowlten und hatten unseren Spaß. Trotz des alkoholfreien Bieres wurde unsere Stimmung immer besser. Wolfgang lag nach sechs Runden an der Spitze, er gab der Kugel den richtigen Drall. Nach acht Runden machten wir Schluss, es wurde auch Zeit, die geplanten Tennisstunden standen bevor. Am Spielstand hatte sich wenig geändert, Wolfgang krönten wir zum Sieger.

Nach einer kurzen Pause beeilten wir uns nach oben in die Tennishalle zu kommen. In der Umkleide holten wir unsere Schläger und gingen zum Platz. Unser Vergnügen dauerte nicht lange, aus irgend einem Grund, fiel die Hauptsicherung aus. Bei diesen Lichtverhältnissen war an ein Weiterspielen nicht zu denken. Trotzdem war es ein gelungener Tag. Als wir unter der Dusche standen, hatten wir noch einmal etwas zu lachen und zu lästern. So etwas niedliches, wie bei Günter, hatten wir noch nicht gesehen. Für den täglichen Gebrauch reichte es alle Mal, war unser Trost für ihn. Günter blieb geschmeidig und tat unsere Lästerei ab mit den Worten, klein und emsig. Wir duschten nur kurz, jeder wollte nachhause.

Zuerst brachte Günter mich mit seinem Passat zum Parkplatz, wo ich den Toyota abgestellt hatte. Ich bekam einen Schreck, das Auto war nicht mehr da. Ziemlich ratlos schlich ich dahin, wo ich zuhause war. Beim Treppensteigen wurden meine Beine immer schwerer. An meiner Wohnungstür klebte eine Haftnotiz von Alexandra.

Habe Dich nicht angetroffen, wollte den Abend und die Nacht mit Dir zusammen sein. Das Auto habe ich mit dem Zweitschlüssel vom Parkplatz geholt und zu mir gebracht. Hole Dich morgen Früh wie verabredet ab. Heute habe ich meinen Führerschein bekommen, wollte Dich damit überraschen. A.

Mir fiel ein Stein vom Herzen. Alles war paletti, ich rief kurz bei ihr an, gratulierte zum Führerschein und erinnerte daran, dass sie mich um zehn abholt. Vor dem Zubettgehen schob ich mir noch ein Stück Käsekuchen in den Mund und ließ mich vom Radio in den Schlaf duseln.

Pünktlich um zehn hüpfte ich vor meine Tür, gutgelaunt stieg ich die Treppe hinunter und stieg in das Auto. Als wir am Treffpunkt ankamen, waren die anderen Paare schon lebhaft in einem Gespräch vertieft. Sie konnten sich über das Ausflugsziel nicht einigen. Wir sollten entscheiden. Das ursprüngliche Ziel, Restaurant Rübezahl und der Kleine Müggelsee, stand zur Debatte. Die Mädchen und auch Alex wollten unbedingt zum Strand an den kleinen See. Das Wetter war toll, also warum nicht. Essen gehen konnten wir immer noch. Das Ziel war nun klar, wir konnten losfahren. Diesmal ließ ich mich kutschieren. Die Autos ließen wir auf dem Parkplatz von stehen. Bis zum See waren es nur noch wenige Meter. Wir wählten einen Platz im Halbschatten. Die Damen breiteten zwei Decken aus, es wird ganz schön eng werden für acht Personen. Alex und die anderen Mädels schnappten sich ihre Sachen und verschwanden hinter den Büschen.

Die Bikinis vor unseren Augen anzuziehen war offensichtlich ein Problem für sie. Wir hatten den Verdacht, dass sie uns anspitzen wollten. Fröhlich lachend kam sie aus den Büschen, was meine Augen da sahen, war eher lustig als verführerisch. Wie meine aussah wusste ich ja, aber die anderen drei, Jesus Maria! Gerds Freundin, war so flach, sie hätte auch rückwärtsgehen können, es wäre keinem aufgefallen. Wenn sie sich unbeobachtete fühlte schob sie ständig ihren Push-Up zurecht.

Erna, so hatte sie sich vorgestellt, die Freundin von Günter war eine Bombe, angezogen und geschnürt, war sie eine sehr attraktive und frauliche Erscheinung. Das Oberteil des Bikinis war viel zu klein, etwas mehr Stoff und sie hätte besser ausgesehen, abgesehen vom Slip, aber einen Bikini sollte sie besser nicht tragen, alles drängte und quetschte sich aus der Umhüllung. Die Beine waren kurz wie bei einer Ente. Mit Textilien war die Flamme von Wolfgang einsame Spitze. Schön und elegant, aber sie sollte besser einen Badeanzug anziehen. Beine so lang, dass es für den Oberkörper nicht mehr ausgereicht hat. Ein bisschen Brust, dann kam schon der Kopf. Prachtvolle Locken umrahmten ein Engelsgesicht, blaue Augen und ein Mund, wie geschaffen zum Küssen. Gott sei Dank konnte keiner meine Gedanken lesen.

Als sie zurück waren warfen sie ihre Klamotten auf die Decken und machten sich dann so breit wie sie konnten und stöhnten laut, sie hätten Durst. Eigentlich wollten wir uns auch auf die Decke legen aber so machten wir uns auf dem Weg zur Gaststätte.

24

Es waren nur einige Meter zu laufen. In der Gaststätte war ganz schön was los, wir mussten etwas warten bis wir unsere

Bestellung erhielten. Selbstverständlich zahlte ich wieder einmal.

Meine Spezis hatten keine Hand mehr frei um an ihre Brieftaschen zu kommen. Sie hielten krampfhaft die Limonaden und die Pappbecher mit ihren Pratzen fest.

Auf dem Rückweg lästerten wir noch über unsere Mädchen. Nachdem uns die Damen entdeckten wurden wir mit lautem Hallo begrüßt. Die Mädels hatten in der Zwischenzeit die Decken mehr in die Sonne verlegt und waren dabei sich einzucremen, um sich vor der Sonne zu schützen. Etwas paradox, aber so sind sie nun mal. Gerd war am geschicktesten und öffnete die Flaschen und goss die Limonaden in die Pappbecher.

Wir Männer suchten uns einen Platz im Schatten, so konnten wir unsere Freundinnen gut beobachten und über sie spotten. Vier so unterschiedliche Frauen boten eine Menge Gesprächsstoff. Nach einer guten halben Stunde sprangen alle vier wild auf und schlugen um sich. Sie schrien: „Kommt her und helft uns." Wir ließen uns Zeit, denn sie hatten uns ja von den Decken verdrängt. Ihre Bewegungen wurden immer hektischer und jetzt rubbelten sie sich gegenseitig mit den Handtüchern ab. Es dauerte nur einen Moment und wir wussten worum es geht. Sie hatten ihre Decken in die Nähe eines riesigen Ameisenhaufens gelegt, auf ihren Körpern fühlten sich die kleinen Biester richtig wohl.

Wegen unsere guten Erziehung durften wir nicht laut lachen, Wolfgang unser Anbader, empfahl ihnen ins Wasser zu springen um der Invasion Herr zu werden. Die ersten roten Pusteln verzierten schon die schönen Körper. Was nun kam war Spitze. Alle vier Weiber sprangen ins Wasser und wer sie hörte, musste annehmen, da wäre Gewalt im Spiel. Bei dem

Gekreische konnten sie Gott sei Dank unser Gefeixe nicht hören.

Als sie aus dem Wasser kamen waren sie blau vor Kälte, es half nichts, sie mussten sich ausziehen und wir rubbelten sie so lange, bis sie wieder eine normale Hautfarbe hatten. Endlich waren sie ameisenfrei. Danach fuhren wir zum Rübezahl, kein Mensch wollte mehr essen, unsere Bestellung war schnell erledigt. Wir Männer wollten kein großes Trara machen, bestellten beim Ober, was weg muss und dazu ein großes Bier. Näheres wollten wir nicht wissen um die Spannung hoch zu halten. Als die Frauen ihre Wünsche äußerten, tat uns der Kellner leid. Die Bestellungen waren kompliziert, der Arme kam ins Schwitzen, er hatte die Geduld einer Katze, wenn sie vor einem Mauseloch sitzt. Es gab kein Gericht ohne Änderungen. Einmal ohne Öl, dann aber mit viel Butter, oder keine Kartoffeln, dafür ein paar Pommes, das Fleisch gut durch und so weiter. Erna bestellte sich ein Eis mit Früchten, aber bitte nicht zu kalt. Ich griente und schätzte ihren IQ auf einstellig.

Zwei Kellner brachten uns was weg musste, Linsensuppe und Wiener, es schmeckte uns so gut, dass wir nachbestellten. Die Damen waren auch zufrieden und mampften wie die Karnickel. Die Freundin von Gerd, eine Bohnenstange, knabberte ihren Teller so schnell leer, dass sogar der vorbeikommende Ober darüber staunte. Nach dem er zum Schluss das Eis brachte, sagte er nicht ohne Spott in der Stimme: „leicht angewärmt, wie gewünscht, wenn Sie noch etwas warten, können Sie es auch trinken." Wir schmunzelten alle und als wir alle fertig waren bat ich um die Rechnung. Meinen Freunden bot ich eine Wette an, wer verliert zahlt die Rechnung.

Ein Wunder war geschehen, auf einmal waren meine Jungs alle blasenkrank und mussten dringend für kleine Jungs. Als sie das Örtchen verließen, riefen sie mir zu: „Wir gehen schon zum Parkplatz, Du machst das schon." Und mir blieb nichts anderes übrig als die Zeche zu bezahlen. Wie immer, sie waren zwar liebe Kerle, aber beim bezahlen zogen sie sich zurück. Die Damen brachen auch auf und ich blieb allein zurück. Die Rechnung war fair, für acht Personen knapp hundertfünfzig Euro. Da konnte man nicht meckern, 20% legte ich noch drauf, mit flinken Fingern ließ der Ober das Geld verschwinden. Ein leichtes Nicken mit dem Kopf sollte wohl den Dank aus drücken. Als ich vom Tisch aufstand wurde mir schlecht, Käse, mein Kreislauf sprang im Dreieck. Kraftvoll und dynamisch sollte ein Mann in meinem Alter sein. Irgendwas stimmte nicht mit mir, einen ganzen Tag mit so viel Weiblichkeit zu verbringen vertrug ich wohl nicht. Als ich dann zum Parkplatz kam hatten sich meine Spezis schon französisch verabschiedet. Ich fand es nicht so toll, vielleicht hatten sie es eilig die Damen ins Bett zu kriegen. Alex wartete auf einer Bank im Schatten auf mich. Wir gingen zum Auto und ganz selbstverständlich stieg sie auf der Fahrerseite ein. Für mich war das eine neue Erfahrung von ihr kutschiert zu werden.

25

Sie brachte mich bis zu mir nach Hause. Als ich ausstieg sah sie mich mit großen Augen an, ich tat so, als könne ich ihren Blick nicht deuten. Ein dringendes Telefonat schob ich für meinen schnellen Abgang vor. Dass es mir nicht gut ging, wollte ich nicht preisgeben. Ich drückte sie noch einmal und versprach abends noch einmal anzurufen. Es war gut, dass sie nicht mit zu mir kam. Als ich die Wohnungstür aufschloss, kam mir ein beißender Gestank entgegen. Wie konnte mir das passieren, ein verschmorter Brotkorb und eine Plastetüte waren die Übeltäter. Ich hatte beides auf die noch heiße Platte abgestellt. Ohne Versicherung, das hätte ins Auge gehen können. Einen Moment war ich ratlos. Ich hockte mich auf einen Stuhl und starrte Löcher in die Luft. Der Gestank war furchtbar, ruck zuck riss ich die Fenster auf, dann schmiss ich die verkohlten Teile in den Mülleimer.

Der frische Sauerstoff brachte mich wieder auf die Beine. Langsam fand ich mein seelisches Gleichgewicht wieder zurück. Der Geruch hatte sich verzogen und meine Augen brannten nicht mehr. Jede Ecke meiner Wohnung wurde von meinen Augen wahr genommen. Zum ersten Mal fiel mir auf, dass meine Einrichtung sehr schlicht war. Die Couch und der neue Fernseher passten so gar nicht zu den alten Möbeln. Das Schuhregal, ich hatte es selbst zusammen gezimmert, hätte ich am liebsten sofort entsorgt. vielleicht sollte ich mich bald mal um eine vernünftige Wohnung kümmern. Das Einrichten der Wohnung würde ich gern Alex überlassen. Frauen haben mehr Geschmack, besonders, wenn es um die Küche oder Gardinen geht. Ich wollte sowieso noch anrufen und eine Gute Nacht wünschen. Vielleicht würde sie sich darüber freuen. Der Griff zum Telefon, Nummer wählen und warten. Es dauerte sehr lange bis sie abnahm. Als sie meine Stimme wahrnahm hörte ich ein glucksendes lachen, sie kam aus der Dusche und erzählte mir, was sie alles nicht anhatte. Es war wirklich wenig und meine Idee, eine Wohnung einzurichten fand sie super. Hauptsache sie dürfe meine EC-Karte benützen, war ihr Kommentar. Ein Kuss durch die Strippe und wir legten auf. Mittlerweile war es nach elf Uhr, also Zeit zu Bett zu gehen. Morgen früh musste ich wieder zur Arbeit und ich wollte frisch sein.

26

Die Chefin wollte ein Einstellungsgespräch führen und ich sollte dabei sein. Sie bestand darauf, mir eine Sekretärin zur Seite zu stellen. Damit hätte ich mehr Zeit für die operative Tätigkeit in der Firma habe. So ganz selbstlos war die Idee nicht von ihr.

Als ich mein Büro betrat klingelt das Telefon. Auf einer Baustelle konnte nicht gearbeitet werden, es fehlte Material. Man hatte zu wenig Kalksandsteine geliefert. Ich hing über 15 Minuten an der Strippe, bis die Sache geklärt war. Dem Polier signalisierte ich, dass die fehlende Menge bis mittags geliefert würde. Einige andere Probleme, es ging um die Umsetzung von Personal, konnte ich auch telefonisch erledigen. Für den Wochenanfang lief es ganz ordentlich. Kurz vor zehn Uhr meldete sich die Chefin und erinnerte mich an das Einstellungsgespräch. Ich trank einen Schluck Kaffee, der scheußlich schmeckte und ging rüber zur Chefin. Wir sprachen noch ein paar prinzipielle Fragen ab und die letzte Entscheidung zur Einstellung sollte ich dann treffen. Auf keinen Fall wollte ich ein Pin-Up-Girl an meiner Seite haben.

Kurz vor Viertel Elf klopfte es zaghaft an der Tür. Auf mein „Herein" quetschte sich eine dürre und nicht mehr ganz junge Frau durch die Tür. Auf meinen Hinweis, machen Sie die Tür ruhig ganz auf, stotterte sie etwas zur Entschuldigung ihrer Verspätung, die Kahnfahrt hat so lange gedauert. Am Gleisbett würde gearbeitet. Auf meine Frage, ob sie Probleme mit dem Sprechen habe, gestand sie, dass sie ein wenig lisple und mit der Zunge Buchstaben verschlucke. Sie kramte ihre Papiere aus einem Stoffbeutel und übergab sie der Chefin.

Nach einem kurzen Blick darauf übergab sie mir die Unterlagen und sagte dazu: „Alles in Ordnung."

Ein persönliches Gespräch sollte das Bild abrunden. Wir unterhielten uns eine ganze Weile über Hobbys und Interessen. Als ich einen harmlosen Witz einstreute, wieherte sie wie ein Pferd. Auf meine Frage, ob sie einen guten Kaffee kochen könne, sagte sie, natürlich kann ich das und noch einiges andere.

Was sie auch immer verstanden hatte, sie griente wie ein Schmalzkuchen. Sie war in einem Alter, wo eine Schwangerschaft nahezu ausgeschlossen ist, fachlich schien sie kompetent zu sein, ihre Einstellung zur Arbeit war für mich von entscheidender Bedeutung. Eine Probezeit wurde abgesprochen und die Chefin machte den Arbeitsvertrag fertig. Schon morgen früh um acht war Arbeitsbeginn für die Hungerlatte.

Platz genug war in meinem Büro, ich ließ einen zweiten Schreibtisch an das Fenster stellen und das Telefon verlegen, alles Weitere würde sich finden. Zur Einstimmung in die Arbeit legte ich ihr ein paar Kostenvoranschläge zur Überprüfung auf den Tisch. Am nächsten Morgen kam sie mit einer alten NSU auf den Hof geknattert. Im Motorraddress mit Helm war sie eine imposante Erscheinung. Als sie ins Büro kam, nahm ich sie auf den Arm mit der Frage, ob sie mich abends auf ihrem Gefährt nach Hause führe. Mit ihrem schönsten Lächeln sagte sie: „Mit Dampf und Trallala." Ich deckte sie mit Arbeit ein und bevor ich zur Baustelle fuhr gab ich ihr meine Handynummer, damit sie mich im Notfall erreichen könnte. Es wurde Zeit für mich einige Dinge im Außenbereich zu klären. An einigen Stellen klemmte es gewaltig. Kurz vor Arbeitsende war ich wieder im Betrieb.

Meine neue Sekretärin überfiel mich gleich mit der Nachricht, dass ein Herr Stach für mich angerufen hätte. Ich möchte bitte sofort zurück rufen. Man sah ihr an, dass sie vor Neugier platzte, als ich sie hinaus schickte, um ungestört zu telefonieren, zickte sie etwas herum, aber mein Anruf war privat und sie musste nicht alles wissen, denn es ging sie absolut nichts an.

27

Am anderen Ende meldete sich Kurt, die lange Latte, wir duzten uns seit kurzem, erst ein Räuspern, dann ein Nix in der Leitung und dann: „Gut dass Du anrufst. Meine Frau hat sich in den Kopf gesetzt Dich und Deine Maus am kommenden Samstag einzuladen. Du weißt Jochen, wenn sich Frauen etwas vornehmen, hat man keine Chance. Nur wenn Du Dich vor Diskussionen nicht fürchtest, dann kannst Du ihnen das ausreden. Wir könnten ja bei Wein und ein paar Schnittchen über den Fall Bräuer reden. Du warst ja neugierig und ich sollte Dir davon berichten."

Der Gedanke, mit Alex nach Halensee zu fahren und einen schönen Abend mit den Stachs zu verbringen, gefiel mir. Wir machten eine Uhrzeit fest, es war verabredet.

Am Abend rief ich meine Süße an, sie hatte zwar schon etwas anderes vor, ließ sich aber umstimmen. Um achtzehn Uhr sollte sie mich abholen. Die nächsten Tage waren ruhig für mich, die neue Sekretärin war ein Glücksfall, mir blieb Zeit, einige Dinge in der Firma zu ändern.

Am Samstag, als ich kurz nach Fünf aus der Dusche kam, klingelte es. Nur mit einem Handtuch um die Hüfte lief ich barfuß zur Wohnungstür. Es war meine Schnecke und ich war längst nicht mit meinem Outfit fertig. Nach einer herzlichen Begrüßung schnurrte sie wie ein rolliges Kätzchen um mich herum. Ich erriet, dass sie von mir zum Bett getragen werden wollte um zärtlich zu werden. Viele meiner Artgenossen würden davon träumen, wenn eine Frau die Initiative ergreift. In den meisten Fällen mussten wir Männer ja aktiv werden. Jeder hatte seine eigene Methode um an sein Ziel zu gelangen. Geschenke und Komplimente ohne Ende, Schmeicheleien und zärtlich werden bis man zur Sache kommen konnte. Ich hatte Glück, Alex ging ins Bad, als sie wieder herauskam, war sie sehr spärlich bekleidet. Nachdem sie die Badezimmertür geschlossen hatte, sagte sie: „Na und?", und für einige Momente war die Verabredung vergessen.

Fast noch pünktlich starten wir nach Halensee. Vertrauensvoll lenkte ich das Auto nach der Stimme der Frau des Navigators. Etwas pingelig war sie schon, denn immer wenn mein Fuß zu sehr auf dem Gas stand, sagte sie: „Achten Sie auf Ihre Geschwindigkeit." Wir hatten auch noch Zeit Blumen und Wein zu kaufen. Das Navi steuerte uns bis zur eingegebenen Adresse. Die Dame schnarrte im schönsten Hochdeutsch: „Sie haben Ihr Ziel erreicht."

Wir standen vor einem riesigen Grundstück, weit hinten stand das Haus. Ein ziemlich alter Kasten mit großen Fenstern. Nachdem wir geklingelt hatten, bekamen wir per Funk die Aufforderung das Auto vor dem Haus abzustellen. Die lange Latte, Kurt und seine Frau kamen uns entgegen. Sie begrüßten uns ohne jede Förmlichkeit, wir gingen ins Haus und sollten im vorderen Zimmer Platz nehmen, die Wohnlandschaft lud dazu ein. Etwas ironisch fügte sie hinzu, dort kann mein Kurt, seine langen Storchenbeine ausstrecken. Die Hausherrin ging in die Küche um einige Erfrischungen zu holen und sie bat Alex, ihr dabei behilflich zu sein. Als die Damen außer Hörweite waren griente Kurt und sagte: „Da hast Du Dir aber einen hübschen Betthasen angelacht."

Nach kurzer Zeit schob Frau Stach einen kleinen Servierwagen an den Couchtisch. Alex brachte auf einem Tablett den Wein und die Gläser. Die Dame des Hauses verteilte geschickt Teller und Besteck und forderte uns auf tüchtig zuzugreifen. Zu Kurt gewandt, sagte sie: „Wir könnten uns doch alle duzen, oder?, wenn es den Gästen recht ist und wenn es Dir nicht gefällt, kannst Du heute Nacht auf der Couch schlafen." Das Gespräch plätscherte so dahin bis ich Kurt bat, vom Mordfall zu erzählen, der mit einem Freispruch endete. Er ließ sich nicht lange bitten, holte einen Ordner und las ein Gerichtsurteil vor.

„Die Angeklagte, Frau Bräuer, ist unschuldig und frei zu sprechen."

Kurt sprach so leise, dass wir ihn kaum verstehen konnten, er begann von vorn und erzählte die Geschichte von Anfang an.

Frau Bräuer hatte Jahrelang ihren an Diabetes erkrankten Mann aufopferungsvoll gepflegt. Als gelernte Schwester wusste sie Kranke zu behandeln und pflegen. Ein Klinikaufenthalt war für beide kein Thema. Sie war mit ihren Kräften psychisch und physisch am Ende als er starb. Der Tod war eine Erlösung für ihn, aber auch für sie. Als er merkte, dass er nicht mehr lange leben würde, bat er sie inständig, für ihn eine Seebestattung zu organisieren. Nach dem die Urne in der Nähe von Rostock im Meer versenkt wurde, nahm sie eine Fähre nach Bornholm. Von ihrem wenig Ersparten wollte sie sich dort von den letzten Strapazen erholen. Wie es weiter ginge, wie sich ihr Leben gestalten würde ohne ihren Mann, sie hatte keine Ahnung. Beim Betreten des Schiffes fiel ihr ein Mann mit Monokel auf, so ein Affe dachte sie.

Erst beim Verlassen der Fähre, als er seinen Koffer auf ihren Fuß fallen ließ, traf sie wieder mit ihm zusammen. Er brummte eine Entschuldigung, wollte den Koffer aufheben, dabei stöhnte er vor Anstrengung. Als Krankenschwester sagte sie sich, mit dem stimmt etwas nicht. Sie bot ihm ihre Hilfe an, es musste ihm wirklich schlecht gehen. Der arrogant wirkende Herr bat sie um ihre Begleitung. Der Koffer war nicht schwer und sie hatte nur eine kleine Reisetasche zu tragen. Im Hotel lud er sie zum Essen ein. Später überredete er sie, dort zu übernachten Geld sei nicht das Problem, sagte er protzig. Frau Bräuer dachte, wenn er so viel Geld hat, wie so nicht.

Am anderen Morgen, beim gemeinsamen Frühstück, erzählte sie ihm ihre Lebensgeschichte und was sie in den letzten Jahren an Kummer und Leid ertragen musste. Nachdenklich sah er sie an und schien etwas zu überlegen. Es dauerte eine Weile, dann bat er einen Ober ihm ein Blatt Papier zu bringen. Er schrieb etwas darauf, faltete es und schob es ihr mit den Worten zu: „Sie haben keinen Job und kein Geld, ich habe Beides."

Das Angebot war verlockend, der Lohn fürstlich aber die Arbeitszeit, sieben Tage in der Woche, ein Privatleben würde es nicht mehr geben. Ohne lange nachzudenken lehnte sie ab. Er sagte darauf: „Ich habe Ihnen das Zimmer für eine Woche gebucht, überdenken Sie es bitte, wir können am Nachmittag noch einmal darüber reden." Bevor er ging, gab er ihr noch Tipps für die Umgebung.

Was machen Frauen wenn sie nichts zu tun haben, sie gehen shoppen. Sie ging durch die Stadt und nahm sich vor ein wenig Kleingeld für unwichtige Dinge auszugeben. Das Ergebnis war für ihren schmalen Geldbeutel erschreckend. Sie ließ sich von einer geschickten Verkäuferin verführen eine schicke Handtasche und ein paar teure Schuhe zu kaufen, dabei hatte sie eine ganze Menge Zeit vertrödelt. Sie musste sich jetzt beeilen um pünktlich zu sein. Als sie das Hotel wieder betrat, war der Monokelmann, so nannte sie ihn, gerade dabei sich die Reste von einem Stück Sahnetorte mit einer Serviette vom Mund abzuwischen. Er bat sie Platz zu nehmen und bestellte bei der Kellnerin noch einmal dasselbe für die Dame. Während sie sich mit Heißhunger auf die Torte stürzte fragte er sie höflich, wie sie den Tag verbracht hatte. Ein ungutes Gefühl in der Bauchgegend warnte sie, sei vorsichtig. Nach kurzem Small Talk holte er einen vorbereiteten Arbeitsvertrag aus der Brusttasche. An seinem Angebot vom Vormittag hatte sich nichts geändert. Lediglich der Zusatz, man könnte meinen, das Kleingedruckte: „Da ich keine Verwandten und Kinder habe, setze ich meine Angestellte Frau Bräuer, als Erbin ein. Sie bezieht in meinem Haus eine Zweizimmerwohnung und der Dienstantritt wird für den 15. des nächsten Monats festgelegt."

Jetzt überlegte sie nicht mehr lange und unterschrieb den Vertrag. Was konnte ihr schon passieren, sie war allein, verzweifelt, hatte kein Geld, warum sollte sie nicht einmal im Leben Glück haben. Die Aussicht für längere Zeit gut versorgt zu sein, hatte sie überzeugt.

Das Angebot, den Abend gemeinsam zu verbringen, lehnte sie jedoch ab. Sie brauchte jetzt Ruhe, wollte am Strand spazieren gehen, alles noch einmal durchdenken. Die Zeit war wunderschön und verging viel zu schnell. Am 14. fuhr sie nach Hause. Viel vorbereiten musste sie nicht, ihre eigene

Wohnung wollte sie behalten. Nur mit einer Reisetasche und dem Nötigsten trat sie am 15. ihre Arbeit an.

Das Anwesen hatte sie sich anders vorgestellt. Ein sehr großes Grundstück mit gepflegtem Rasen und einem Pool, man sah auf dem ersten Blick den Wohlstand des Hausherren. Im hinteren Teil des Arial stand die Villa vom Monokelmann und er stand in der Haustür um sie zu begrüßen. Er deutete sogar einen Handkuss an. Gemeinsam gingen sie ins Haus. Beim Betreten des Grundstücks las sie auf dem Namensschild Dr. Linke.

Was für eine Wohnung, stilvoll eingerichtet, und alles spiegelblank, eine Spinne würde beim ihrem Netzbau vor Hunger vom Faden fallen.

Mit einladender Geste zeigte er Frau Bräuer den unteren Teil des Hauses. Anschließend wies er ihr den Weg in ihre kleine Wohnung. Über der Treppe erreichte sie ihr neues Reich. So hübsch eingerichtet, hatte sie es sich nicht vorgestellt. Zwei Zimmer, eine praktische Küche und ein Bad mit Wirlpool. Ein Traum!

Nachdem sie den Inhalt ihrer Tasche im Schrank verstaut hatte ging sie wieder runter zu Herrn Linke. In seinem Büro führte er gerade ein Telefonat, es schien sich um einen wichtigen Transport zu handeln. Etwas lief hier nicht nach seinen Wünschen.

Als das Gespräch beendet war sagte er: „Jetzt brauche ich frische Luft, wollen wir eine Radtour machen?"

Natürlich wollte Frau Bräuer. Sie gingen runter zur Garage und er holte ein Tandem heraus. Herr Linke hantierte damit, als wenn es nur wenige Kilo wiegt. Auf einmal wirkte er gar nicht mehr so schwach und hilfsbedürftig. Er machte den

Vorschlag um den Halensee zu radeln. Sie sollte vorn sitzen, es ging besser als sie dachte. Noch nie war sie mit einem Tandem gefahren. Plötzlich fuhr sich das Rad schwerer, als sie sich umdrehte, stellte sie fest, dass Herr Linke nicht mehr in die Pedale trat, er machte sich seinen Spaß daraus, dass sie sich abquälte.

Als sie wieder zurück waren lud er sie ein, sich in der Gartenschaukel etwas auszuruhen. Ganz Kavalier holte er aus dem Kühlschrank eine Karaffe mit Limonade und zwei Gläser. Sie kamen ins Plaudern. Er erzählte ihr, dass er im Moment Probleme hätte. Seinen Wohlstand verdiente er sich mit Geschäften, die nicht ganz gesetzlich sind. Er kauft und verkauft. Die Ware besorgen ihm Mittelsmänner im Ausland. Bei einer Zollkontrolle sind ihm zwölfmal 5.000 € verloren gegangen. Den Verlust des Geldes könnte er verkraften, doch wenn er seine Ware nicht pünktlich liefert, ist sein Ruf im Milieu ruiniert.

Frau Bräuer verstand zunächst nicht worum es sich bei der Ware handelte. Als er ihr noch weiter erzählte, dass er, als er den Koffer fallen ließ, den Hilfsbedürftigen nur spielte, um sie kennen zu lernen, wusste sie, an was für einen Gauner sie geraten war.

Was sollte sie machen, es war ein Gespräch, sie hatte einen Arbeitsvertrag und zu beweisen gab es nichts. Sie beschloss gute Miene zu machen und ihre Aufgaben zu erfüllen. Herr Linke erwies sich als angenehmer Arbeitgeber. Die Arbeit machte ihr sogar Spaß bei ihm. Und seine Geschäfte gingen sie nichts an. Bis auf kleine Sticheleien von seiner Seite, war das neue Leben recht angenehm. Wenn Herr Linke ein schlechtes Gewissen hatte, versuchte er es mit kleinen Geschenken wieder gut zu machen.

Die Wochen verliefen monoton und waren mit den alltäglichen Dingen ausgefüllt. Sie schmiss den Haushalt und war Mädchen für alles.

Die Tage verbrachte Herr Linke meist im Büro, oder er ging joggen oder angeln. Als er wieder einmal vom Angeln kam, brachte er in einem Terrarium drei Vogelspinnen mit nach Hause und stellte es auf den Küchenschrank. Mit den Knöcheln der Hand klopfte er gegen das Glas und brachte Leben in den Glaskäfig. Nicht sehr schnell bewegten sie sich. Jedes Tier, auch eine Spinne, ist auf seine Weise schön. Aber mit ihren behaarten Beinen waren sie ziemlich Ekel erregend, Frau Bräuer bekam den Auftrag Fliegen und Mücken zu fangen, damit die Kleinen etwas zu fressen bekamen. Das Einfangen war einfach, sie kannte einen Trick, wie sie die Biester in die Flaschen locken konnte. Als sie die gutgefüllte Flasche ins Terrarium legen wollte, entfläuchte ein haariges Tier und krabbelte ihr auf den Arm. Ihren Vorsatz, cool zu bleiben, war wie weg geblasen. Sie bekam Angst und schüttelte sich voller Ekel.

Für den nächsten Tag plante Herr Linke eine Fahrt in die Stadt und sie möge überlegen und aufschreiben, wenn etwas fehlte. Gott sei Dank hatte sie heute Feierabend, ein kurzer Rundumblick durch die Küche sagte ihr, dass alles in Ordnung ist. Sie flüchte in ihre Wohnung, völlig entnerv fiel sie auf ihr Bett und fing furchtbar an zu heulen.

Laut schluchzend schwor sie Rache zu nehmen. Morgen wollte der Monokelmann in die Stadt fahren, das würde sie ihm versalzen.

Als sie sich etwas beruhigt hatte schlich sie in die Garage und machte die Beleuchtung an seinem Protzauto, einer S-Klasse, an. Bevor sie zu Bett ging stellte sie ihren Wecker auf fünf Uhr. Die Zeit würde reichen um die Batterie des Autos zu entladen. Als der Wecker klingelte huschte sie schnell in die Garage und schaltete die Beleuchtung wieder aus. In aller Ruhe machte sie dann Toilette. Heute wollte sie die Rosen schneiden, dazu wollte sie sich etwas Praktisches anziehen. Sie entschied sich für ein Shirt und Jeans.

Das Frühstück stand bereit als das Monster in die Küche kam. Er war elegant gekleidet nur das Monokel fehlte. In aller Ruhe vertilgte er sein Rührei und wollte heute statt Kaffee Kakao. Zwischendurch sagte er, stellen Sie doch bitte das Terrarium wo anders hin, das kann einem ja den Appetit verderben. Sie dachte, da wird mir schon was einfallen, das Ekel musste erst aus dem Haus sein. Jetzt war er in Eile, ohne noch einmal ins Bad zu gehen, griff er nach den Autoschlüsseln und ging über den Hof zur Garage. Aus dem offenen Küchenfenster rief sie ihm hinterher, dass sie vergessen hatte ein paar Flaschen Bier aufzuschreiben. Bei seinen Startversuchen nudelte der Motor nur noch etwas. Nach mehreren Versuchen hörte er auf, der Batterie hatte er mit den vielen Startversuchen den Rest gegeben. Laut schimpfend rief er ihr zu, sie solle ein Taxi bestellen und das Auto wieder in Ordnung bringen lassen, rufen sie die Werkstatt an. Sein Ton war laut und unverschämt. Frau Bräuer musste wohl vom Hafer gestochen sein als sie sagte: „Bleib cool mein Kleiner, Mama macht das schon."

Herr Linke starrte sie wortlos an, er hatte wohl die Sprache verloren. Er ging nach vorn zum Tor und erwartete wohl ein Wunder oder ein Taxi. Endlich, war er weg. Zunächst brachte sie das Terrarium in sein Schlafzimmer und stellte es auf seinen Nachttisch. Bei dem Gedanken an sein Gesicht, wenn er die Biester in seiner Nähe sah, schmunzelte sie und lachte etwas.

28

Als nächstes rief sie die Autowerkstatt an. Als sie dort berichtete, dass der Motor nicht anspringt, wollte der Chef gleich eine neue Batterie vorbeibringen. Er nannte einen Preis, bei dem sie leicht schmunzelte. Herr Linke schien Kohle ohne Ende zu haben, aber bei dem Preis würde er ausrasten, als müsse er von Hartz vier leben. Sie gab die Reparatur in Auftrag und bat darum das Auto schnellstens zu reparieren. Man versprach noch am Vormittag zu kommen.

Endlich konnte sie sich den Rosen im Garten widmen. Sie war mitten bei der Arbeit, da hielt ein Werkstattwagen vor dem Grundstück. Frau Bräuer öffnete das Tor, zeigte dem Monteur den Weg zur Garage und gab ihm die Autoschlüssel. Die Reparatur dauerte nicht einmal eine Stunde als sich der Monteur bei ihr meldete. Die kleine Rechnung war gepfeffert. Sie gab ihm noch ein Trinkgeld, dann verließ er mit seinem Wagen das Anwesen.

Da sie fertig mit ihrer Arbeit war blieb ihr noch Zeit in den Pool zu springen. Herr Linke hatte nichts dagegen, dass sie ihn benütze. Sie schwamm ein paar Runden als er plötzlich am Beckenrand stand. Seine lüsternen Blicke blieben ihr nicht verborgen. Als sie erschrocken aus dem Pool stieg wandte er sich zum gehen. Er konnte aber nicht unterdrücken noch eine Gemeinheit loszuwerden. „Haben sie vor dem Gang in den Pool vorher geduscht, damit die Filteranlage nicht verstopft?"

Seine Art von Humor war recht seltsam. Der Mann bestand aus purer Gehässigkeit. Ihre Bemerkung vom Vormittag „Bleib cool mein Kleiner" hatte ihr Mut gemacht. Vielleicht war das die beste Medizin für ihn. Sie zog vor seinen Augen ihren Bikini aus und bat ihn ihr den Rücken abzutrocknen.

Der Mann war so verklemmt, dass er beinahe über seine eigenen Füße gestolpert wäre als er weglief. Nachdem er sich noch einmal umdrehte, drohte sie mit dem Finger und sagte: „Kannst Dich wohl nicht satt sehen, Du bist ja ein ganz Schlimmer" und zog sich den Bademantel über. Sie rief ihm nach, im Büro liegt die Rechnung.

Jetzt begannen die ganzen Turbulenzen, das Monster tobte, so laut, dass sogar die Nachbarn ihn hörten und eingreifen wollten, der Tag war gelaufen. Sie wollte ihm noch das Abendbrot herrichten, aber es war kein Bier im Haus und der Aufschnitt sah auch dürftig aus. Er musste sich mit Käsebroten und Obstsaft zufrieden geben. Sie zauberte etwas zusammen und brachte es ihm auf sein Zimmer. Der Vergleich mit Aprilwetter konnte nur schwach ausdrücken, wie schnell seine Stimmung umschlug.

Glücklich wie ein Idiot saß er vor dem Terrarium und beobachtete seine Vogelspinnen, wie sie immer wieder versuchten an den Glasscheiben hoch zu krabbeln. Er unterhielt sich sogar mit ihnen. Frau Bräuer stellte das Tablett ab und wünschte ihm einen Guten Appetit. Er stammelte ein leises Danke und schien mit seinen Gedanken in weiter Ferne zu sein. Bevor sie die Tür wieder schloss vernahm sie noch Worte wie: „Morgen fahre ich einkaufen und mache die Regenrinne sauber."

Am frühen Morgen hörte sie, wie er mit dem Auto fort fuhr. Es war erst halb Sieben, Zeit zu duschen und Toilette zu machen. Der Wetterbericht versprach einen herrlichen Sommertag. Sorgfältig wählte Frau Bräuer ein leichtes buntes Sommerkleid. Ihre ganze Garderobe hatte sie Stück für Stück in ihr neues Domizil gebracht. Schon war sie fertig, ein Blick in den Spiegel sagte, ihr, dass sie damit zufrieden sein könne. Noch saß alles an der richtigen Stelle. Die Uhr mahnte sie, in die Küche zu traben. Herr Linke war pünktlich wie eine Atom-uhr und war es gewohnt Punkt acht am Frühstückstisch zu erscheinen.

Beim Betreten der Küche bekam sie fast eine Maulsperre. Alles war vollgestellt mit Lebensmitteln und der Hausherr war dabei den Kühlschrank damit vollzustopfen. Auf dem Küchen-tisch stand ein Strauß schönster Gladiolen, daneben, lagen Pralinen und eine kleine Karte. Hilflos starrte sie ihn mit offe-nem Munde an. Er deutete auf den Tisch und sagte: „Eine kleine Wiedergutmachung.“

Sie freute sich ein wenig. Als sie die Karte öffnete erklang Musik, von einer CD, es war eine bekannte Schlagermelodie.

Langsam löste sie sich aus der Starre. Im Umschlag der Karte befand sich ein nicht gerade kleiner Geldschein. Ein von Hand geschriebener Zettel lag dabei. Noch bevor sie ihn lesen konnte hatte es der Herr auf einmal sehr eilig und floh aus der Küche. Sie las:

Kauf Dir einen Bikini, ich weiß nicht wo,

damit Du bedeckst Deinen Apfelpo.

Sie fand das zwar abstrus, aber doch musste sie darüber lächeln. Sie begann das Frühstück herzurichten mit frischen Brötchen, Aufschnitt und stellte alle anderen Dinge dazu auf den Tisch. Als der Kaffee sich durch die Filtertüte drängelte kam auch der Monokelmann in die Küche zurück. Er war ein wenig gehemmt und ein Gespräch wollte nicht zu Stande kommen. Er futterte wie immer mit großem Appetit und da-nach brach er endlich das Schweigen. Als erstes kam ein Ver-sprecher raus. Sie verstand, sie sehen hübsch aus, aber et-was zu dick, er sagte aber, Sie sehen hübsch aus, sehr schick.

Nachdem sich der Versprecher aufgeklärt hatte, lachten beide und konnten sich kaum beruhigen und es wurde noch angenehm am Tisch.

Er begann ihr zu erzählen, warum er manchmal so gemein zu ihr war. Die Frauen waren immer eine große Enttäuschung für ihn. Seine langjährige Lebensgefährtin hatte ihn mit dem Besitzer eines Autohauses betrogen. Ausgerechnet der Mann, der seine Autos reparierte und ihn jetzt noch mit den Rechnungen über den Tisch zieht.

Die Trennung von ihr ging problemlos über die Bühne. Heute lebt sie von Sozialhilfe.

Seine erste Frau lernte er in einer Bar beim Striptease kennen. Sie studierte Gesang und Schauspiel und verdiente sich etwas Geld nebenbei. Die Ehe war nicht besonders, aber auch nicht schlecht. Als sie ihn nicht mehr brauchte, eröffnete sie ihm, mit Dir will ich nichts mehr zu tun haben.

Verständlich, er war maßlos enttäuscht. Schnell war vergessen, was sie Gutes durch ihn erfahren hatte. Er ließ sie ziehen, er hatte kein Glück bei den Frauen. Sie konnten zwar bestimmte Dinge, die den Männern völlig abgingen, einen Haushalt führen, die Wohnung in Ordnung halten und sich um die Wäsche kümmern. Den Männern fehlte das Talent dafür.

Nach dieser Unterhaltung waren beide erleichtert, ihr wurde klar, dass er dadurch vielleicht auf die Idee kam, Frauen als Ware zu behandeln.

Das Gespräch war damit beendet, sie machte sich daran in der Küche wieder Ordnung zu schaffen. Als er helfen wollte, schickte sie ihn fort. Er solle sich lieber um die Regenrinnen kümmern. Sie würde nachkommen, wenn ihre Hausarbeit erledigt ist. Frau Bräuer wollte das gute Wetter nutzen um im Pool zu schwimmen. „Ei, ei Käpten, so machen wir's, die Gnädigste geht schwimmen und ich muss aufs Dach."

Sie gingen lachend auseinander und jeder machte sein Ding.

Zu diesem Zeitpunkt ahnte sie nicht, dass dies seine letzten Worte waren.

Die Küchenarbeit wollte kein Ende nehmen, aber endlich war alles geschafft. Ein Blick aus dem Fenster, sie sah noch, wie er mit der langen Leiter aus dem Garten kam und zum Haus über die Terrasse lief. Er hatte keine Mühe sie zu tragen und die Balance zu halten. Sie rief ihm zu, soll ich helfen?, aber brummig lehnte er ihre Hilfe ab.

Sie lief in ihre Wohnung, zog sich einen Bikini an, und streifte einen Bademantel über und ging zum Pool. Als sie dort ankam, war er dabei die Regenrinnen direkt über dem Mansardenfenster zu reinigen.

Sie war schon einige Minuten im Wasser, da sah sie aus dem Augenwinkel einen vorbei huschenden Schatten. Gleich darauf hörte sie, wie etwas umstürzte. Die Leiter war weggerutscht.

Als Krankenschwester sah sie sofort, dass er sich sehr schwer verletzt haben muss. Herr Linke lag reglos am Boden. Über die 112 rief sie den Notdienst an.

29

Danach rannte sie zum Tor und öffnete es.

Schon zehn Minuten später kam eine Feuerwehr mit Sirenenalarm angerast. Sie zeigte zum Pool und der Notarzt und der Feuerwehrmann rannten los. Nach einer gründlichen Untersuchung schüttelte der Notarzt den Kopf, da ist nichts mehr zu machen, da muss die Kripo ran. Mit seinem Handy rief er die Polizei. Zu Frau Bräuer sagte er, dass der Hauptkommissar sie bittet, am Tatort zu bleiben.

Wie gelähmt nahm sie auf einer Sonnenliege Platz und starrte verloren vor sich hin. Eine unendliche Traurigkeit hatte sie befallen. Vor kurzem war die Welt noch in Ordnung. Und auf einmal sollte alles vorbei sein. Warum die Polizei? Der Mann ist von der Leiter gestürzt und war jetzt tot, sie konnte doch nichts dafür.

Ein Passat Kombi fuhr etwas später langsam durch das Tor direkt vor das Haus. Ein Polizist bemühte sich auszusteigen, offenbar hatte er Schwierigkeiten. Nachdem er es endlich geschafft hatte ging er auf Frau Bräuer zu und stellte sich vor, er bedauerte den Einsatz und murmelte so etwas wie: Vorschrift ist Vorschrift. Er fragte nach dem Wann, Wie und Warum. Die umgestürzte Leiter und der Eimer mit dem verschütteten Laub bestätigten ihre Aussagen zum Unfall. Kommissar Stach gab den Auftrag den Leichnam in die Gerichtsmedizin zu bringen. Dann machte er Fotos von der Unfallstelle.

Im Weggehen erkundigte er sich nach eventuellen Angehörigen, einem Testament oder anderen Unterlagen. Nur zu ihrem Vertrag konnte Frau Bräuer etwas sagen. Mitfühlend sah er sie an und bat sie ihn zu holen.

Er studierte das Schriftstück recht gründlich und sprach leise vor sich hin. Das ist ja übel, sagte er, als er den Zusatz im Vertrag las: Nach dem Tode erbt meine Haushälterin das Anwesen und das gesamte Vermögen.

Er wirkte nachdenklich als er sich hinters Lenkrad setzte und fortfahren wollte. Aus dem Fenster rief er ihr zu, sie solle bitte in der Stadt bleiben. Sie dachte, wohin soll ich schon gehen und ging in ihre Wohnung um sich umzuziehen.

Zwei Tage später erreichte sie per Post eine Vorladung von der Kriminalpolizei. Als sie den Umschlag hastig aufriss zitterten ihr die Knie. Schon am nächsten Tag sollte sie sich bei Kommissar Stach in der Dircksenstraße am Alexanderplatz melden.

Diese Vorladung brachte ihr Nervenkostüm noch mehr durcheinander.

Was hatte sie mit der Mordkommission zu tun? Der Notarzt und auch die Polizei konnten doch erkennen, dass es nur ein Unfall war. An Schlaf war in dieser Nacht nicht zu denken. Sie warf sich hin und her, zählte Schafe und holte sich ein Glas Milch aus der Küche, fing an zu grübeln, nun war es ganz vorbei.

Wie gerädert wachte sie am nächsten Morgen auf. Noch im Bademantel setzte sie sich auf einen Stuhl am Fenster. Wie friedlich alles aussah, wie herrlich der Garten ist, wenn die Natur erwacht. Es könnte alles so schön sein. Sie versuchte Ordnung in ihre Gedanken zu bringen. Immer wieder sagte sie sich, mir kann ja nichts passieren, ich habe ja nichts getan. Davon beruhigt ging sie unter die Dusche und brühte sich danach in ihrer Küche einen starken Kaffee. Sie kleidete sich an, mit ihrer Garderobe war sie sorgfältig wie immer und wählte ein schlichtes Kostüm und Schuhe mit einem flachen Absatz. Ein Blick in den Spiegel sagte ihr, alles schick. Und doch war sie sehr blass im Gesicht, nun ja, ein wenig Rouge konnte nicht schaden. Es war ja ein ernster Anlass, der Besuch bei einer Mordkommission.

Ein Taxi brachte sie hin. Pünktlich um zehn klopfte sie beherzt an der Tür. Kein Herein, sonder ein Summen und eine Lampe forderten sie auf, einzutreten.

Auf einen Blick erkannte sie den Kommissar, der am Unfalltag die Untersuchungen aufgenommen hatte. Er war dabei die letzten Bissen seines Frühstücks hinunter zu schlingen und die Brotbüchse in seiner Tasche zu verstauen. Freundlich sagte er: „Nehmen Sie Platz." Dabei fing er kräftig an zu husten, einige Krümel hatte er wohl noch im Halse.

Endlich kam er zu Sache, nahm einen Schnellhefter zur Hand und setzte sich zu ihr. Mit wachen Augen überflog er die Seiten und begann dann mit der Befragung. Er ließ keinen Zweifel daran, dass sie unter Verdacht steht, bei dem Unfall nachgeholfen zu haben. Alle Indizien sprachen dafür, die Aussagen der Nachbarn und der Zusatz im Vertrag sprachen für ihre Schuld. Der Untersuchungsrichter wollte sie unter Mordanklage stellen.

Frau Bräuer verließen die Nerven und sie fing an zu weinen. Der Kommissar versuchte sie zu beruhigen. Er meinte, solange der Pfarrer predigt, ist der Sarg noch nicht unter der Erde. Ein schwaches Lächeln erhellte ihr Gesicht, auf einmal war sie wie ausgewechselt, mit feuchten Augen bat sie um ein Taschentuch, dann sprudelte sie los.

In den letzten Jahren habe ich meinen kranken Mann bis zu seinem Tode gepflegt, seine Asche im Meer verstreut und dann diesen Herrn Linke, kennen gelernt und den Job übernommen. Ich habe nichts getan, auch wenn die Indizien gegen mich sprechen. Geben Sie mir bitte die Adresse von einem guten Anwalt. Der Kommissar überlegte einen Moment, wählte dann eine Nummer. Am anderen Ende der Strippe schien ein Freund vom Kommissar zu sein. Er schilderte die Situation von Frau Bräuer und gab ihre Adresse durch. Bevor er den Hörer auflegte, sagte er noch: „Gib Dir viel Mühe, diese Frau hatte viel Pech gehabt."

Zur ihr sagte er: „Wenn der sie raus haut, dann brauchen Sie sich um die kommenden Jahre keine Sorgen mehr machen."

Es dauerte einen Moment bis sie schlagfertig erwiderte: „Wenn es schief geht heirate ich sie, dann können Sie mich an den Wochenenden besuchen."

Das war das erste Mal, dass ein Funke übersprang. Als sie sich verabschiedeten, machte er einen schüchternen Versuch und streichelte ihre Hand. Seine Berührung empfand sie angenehm, sie wandte sich aber doch sofort zum Gehen. Erst einmal wollte sie aus diesem ganzen Schlamassel rauskommen, bevor sie an eine neue Beziehung denken konnte.

In den nächsten Tagen nahm sie Kontakt zum Anwalt auf, er bestand sofort darauf den Unfallort zu besichtigen. Sie war gerade dabei den Rasen zu schneiden als sie durch lautes Hupen aus ihren Gedanken gerissen wurde. Das Läuten der Türglocke war beim Geräusch des Rasenmähers untergegangen.

Es war der Anwalt, der gerade in der Nähe war. Der erste Eindruck war wenig beeindruckend. Klein, dick, Brille und die spärlichen Haare gut verteilt. Er ließ sich alles zeigen, Pool, Terrasse und das Haus. Währenddessen stellte er Fragen und machte sich Notizen. Als er sich verabschiedete, brummelte er, das kriegen wir hin, es ist zwar nicht ganz leicht, aber ich hatte schon schwierigere Fälle gelöst. Nun passierte erst einmal nichts, sie versorgte das Haus und das Grundstück und fing Fliegen für die Vogelspinnen. Beim Nachlassgericht hatte sie den Erbschein beantragt. Leider ruhte die Bearbeitung wegen des schwebenden Verfahrens. Nach ungefähr vier Monaten rief der Anwalt wieder an und gab ihr den Termin für eine Gerichtsverhandlung durch. Er sagte ihr noch, sie solle ruhig bleiben, er wäre bestens vorbereitet. Sie war unschuldig, was sollte ihr schon passieren.

Am Tag der Verhandlung fuhr Frau Bräuer mit dem Taxi zum Gericht. Im Foyer begrüßte sie den Anwalt, noch im Gehen zog er seine Robe über und mit schnellen Schritten ging er vor ihr her zum Gerichtssaal. Dann, das übliche Prozedere, der Richter hatte es eilig, er verlas die Anklage und bat den Verteidiger sich dazu zu äußern. Als der Staatsanwalt dazwischen sprach, sagte der Richter barsch, ich habe die Anklage vor mir, ich kann lesen, der Verteidiger hat das Wort. Es war blendend, dem Verteidiger zuzuhören. Er hob den guten Leumund der Beklagten hervor, beschrieb den Streit wegen der Vogelspinnen, wo die Nachbarn Partei für sie ergriffen hatten. Dann, wie sie zunächst den Arbeitsvertrag ablehnte, der nur zustande kam, weil Herr Linke den Zusatz anfügte.

Außerdem, dass ein Saugfuss an einem Holm fehlte und durch die Schräglage die Leiter kippen musste.

Nachdem der Verteidiger mit seinem Plädoyer zu Ende war, sagte der Richter zum Ankläger: „Ihre Indizien sind genauso wackelig wie die Leiter und zog sich kurz mit seinen Schöffen zurück.

Nur eine halbe Stunde dauerte die Beratung. Als der Richter mit seinen Schöffen wieder den Saal betrat, sah der Richter sehr freundlich zur Angeklagten hinüber, nahm die Glocke zur Hand, stellte sie aber gleich wieder hin. Es war Mucksmäuschen still im Saal. Mit klarer Stimmung verkündete er das Urteil. Unschuldig. Die Angeklagte wird freigesprochen.

Herr Stach stand auf, reckte sich ungeniert, sah mich und Alex lächelnd an sagte: „Jetzt ist diese Dame mit einem schönen wunderbaren Mann verheiratet."

Frau Stach, alias Bräuer, strahlte ihn darauf an und konterte: „Wer der schönere Mensch von uns beiden sei, darüber könnte man noch streiten."

Erst da machte es klick bei mir.

Das Buch und auch das E-Book sind entstanden

in Zusammenarbeit mit der:

LiteraturCompany Berlin

Vom Manuskript zum Buch!

Alles aus einer Hand!

www.LiteraturCompany.de

Peter-Hille-Straße 97

12587 Berlin

Fon: 030 747 66 140

Fax: 030 747 66 141

www.tredition.de

Über tredition

Der tredition Verlag wurde 2006 in Hamburg gegründet. Seitdem hat tredition Hunderte von Büchern veröffentlicht. Autoren können in wenigen leichten Schritten print-Books, e-Books und audio-Books publizieren. Der Verlag hat das Ziel, die beste und fairste Veröffentlichungsmöglichkeit für Autoren zu bieten.

tredition wurde mit der Erkenntnis gegründet, dass nur etwa jedes 200. bei Verlagen eingereichte Manuskript veröffentlicht wird. Dabei hat jedes Buch seinen Markt, also seine Leser. tredition sorgt dafür, dass für jedes Buch die Leserschaft auch erreicht wird

Autoren können das einzigartige Literatur-Netzwerk von tredition nutzen. Hier bieten zahlreiche Literatur-Partner (das sind Lektoren, Übersetzer, Hörbuchsprecher und Illustratoren) ihre Dienstleistung an, um Manuskripte zu verbessern oder die Vielfalt zu erhöhen. Autoren vereinbaren unabhängig von tredition mit Literatur-Partnern die Konditionen ihrer Zusammenarbeit und können gemeinsam am Erfolg des Buches partizipieren.

Das gesamte Verlagsprogramm von tredition ist bei allen stationären Buchhandlungen und Online-Buchhändlern wie z. B. Amazon erhältlich. e-Books stehen bei den führenden Online-Portalen (z. B. iBook-Store von Apple) zum Verkauf.

Seit 2009 bietet tredition sein Verlagskonzept auch als sogenanntes "White-Label" an. Das bedeutet, dass andere Personen oder Institutionen risikofrei und unkompliziert selbst zum Herausgeber von Büchern und Buchreihen unter eigener Marke werden können.

Mittlerweile zählen zahlreiche renommierte Unternehmen, Zeitschriften-, Zeitungs- und Buchverlage, Universitäten, Forschungseinrichtungen, Unternehmensberatungen zu den Kunden von tredition. Unter www.tredition-corporate.de bietet tredition vielfältige weitere Verlagsleistungen speziell für Geschäftskunden an.

tredition wurde mit mehreren Innovationspreisen ausgezeichnet, u. a. Webfuture Award und Innovationspreis der Buch-Digitale.

tredition ist Mitglied im Börsenverein des Deutschen Buchhandels.

Zeitfracht Medien GmbH
Ferdinand-Jühlke-Straße 7
99095 Erfurt, Deutschland
produktsicherheit@kolibri360.de